講談社文庫

国語入試問題必勝法

新装版

清水義範

講談社

目次

猿蟹合戦とは何か 5
国語入試問題必勝法 35
時代食堂の特別料理 67
靄《もや》の中の終章 115
ブガロンチョのルノワール風マルケロ酒煮 159
いわゆるひとつのトータル的な長嶋節 189
人間の風景 215
あとがき 270
解説 丸谷才一 274

猿蟹合戦とは何か

太宰に関する謎から

長い間不思議でたまらないことのひとつに、太宰治《だざいをさむ》はどうして猿蟹合戦を書かなかつたのか、といふ疑問がわたしにはあつた。これはもちろん、彼の『お伽《とぎ》草紙』のことをいつてゐるのだが、あそこで、浦島やカチカチ山や舌切雀などを俎上《そじやう》に乗せ、呆《あき》れるほどの言語的豊かさをもつて料理してみせた太宰が、なぜ猿蟹合戦を取り上げなかつたのか、どうにも合点がゆかないのだ。カチカチ山の兎が処女の残酷性のあらはれであると分析してみせたその論調で、蟹の仇討の解釈をしてほしかつたと思ふのはわたしだけぢやないだらう。ところが、桃太郎をなぜ取り上げなかつたかの言及はあるのに、そんな断りさへなく、猿蟹はなから取り上げる気がなかつたやうなのだ。一体どういふことかと、気にかかりますよね。

太宰が『お伽草紙』を書いた頃には猿蟹合戦ははやつてゐなかつたのだらうか。もちろん昔話にだつて流行はある。しかし、そのへんを論じ出せば長くなるから、ここでは太宰がそれを書いた昭和二十年に話をしぼることにしよう。

結論から言へば、あの時代に猿蟹合戦がはやらなかつたといふはずがないんですね。あれは親の仇を見事討つたといふ、軍国日本人の一番好んだテーマを扱つてゐる昔話の傑作で、お上が勧《すす》めこそすれ禁止するはずがない内容のものである。この辺は資料の少いまま書いてゐるのだが、かう断定してほぼ間違ひないと思ふ。

さうすればますます、なぜ太宰は猿蟹を無視したのかといふ謎が大きくなつてくる。話の展開が複雑で、登場人物（猿や栗や臼《うす》を一応人物といふことにして）も多く、作家の創作意欲を大いに刺激しさうなあの物語が、どうして影も形も見えないのか。

ここで誰でも考へるのは、それは彼が桃太郎を取り上げなかつたのと同じ理由からではないか、といふことだらう。彼は桃太郎を取りあげなかつたわけをかう書いてゐる。

いやしくも桃太郎は、日本一といふ旗を持つてゐる男である。日本一はおろか日本二も三も経験せぬ作者が、そんな日本一の快男子を描写できる筈《はず》が無い。（中略）かりそめにもこの貴い国で第一と言ふ事になると、いくらお伽噺《とぎばなし》だからと言つても、出鱈目《でたらめ》な書き方は許されまい。外国の人が見て、なんだ、これが日本一か、などと言つたら、その口惜しさはどんなだらう。

この書き方の日本一への気配りはもちろん表面上の演技であると読み取らなければならない。軍国日本第一の快男児への嫌悪が意識の底にはある。本当なら、彼は桃太郎の愚昧《ぐまい》さ、残酷さ、醜悪ぶり、といつたものを大いに書きたかつたに違ひない。だがそれを書くことが憚《はばか》られるので、こんなふうに表面上だけ持ちあげて逃げてゐるわけだ。少くとも自分の書くものが国威発揚《こくいはつよう》の役に立つてしまふやうなことだけはまつぴらご免だといふ強い拒否の姿勢がここにはある。何しろ言葉を使はせては名人だから、持ちあげておいて実はばつさり切つて捨てるくらゐはお手のものなのだ。

そこで、なるほど太宰は猿蟹合戦といふ仇討ち礼讃《らいさん》の変形武者話を嫌つたのかといふ解釈も成り立ちさうだ。たとへば彼は、一匹の猿を討つために、大勢で寄つてたかつてじわじわと一寸刻みになぶり殺すやうなやり方をした蟹を、冷血非道の人でなし（もちろん本当は人ぢやないんだけれど）と書きたかつたのかもしれない。さう書いてはいろいろ面倒がありさうだから、いつそ忘れたことにして無視したのかもしれない。

と、ここまでを読んでなるほどさうかもしれないと思つた読者がどのくらゐあるでせうか。そんな人もゐないと限らないので、ここで大慌《おほあわ》てでわたしは自分の考へを述べておかなければならない。

実を言ふと、わたしは猿蟹合戦が武張《ぶば》つた軍国日本調の物語だから太宰の気にいらなかつたといふ説に全面的には賛同できないのである。（その説はお前が言ひ出したんぢやないかと怒つてはいけない）といふのは、桃太郎などとは違つて、猿蟹合戦といふのはもう少し複雑で、象徴的な物語であり、親の仇を討つから軍国調と簡単に決めつけられない話なんですね。深い恨《うら》みを抱く相手が、容易には討てない強敵なので知恵を用ゐ、策を使つてやうやく本願を果すといふこの物語は、桃太郎よりもむしろ忠臣蔵に近いものだといふ気がする。そして忠臣蔵を嫌ふといふことは日本人的精神を嫌ふといふことにほかならないのだから、太宰もそんな気はなかつただらうと想像する。

どうもこのあたりから先、筆を進めることがむつかしくなるのだが、わたしには猿蟹合戦といふ物語が、表面上の仇討ちストーリーだけではなく、深いところに別のテーマを隠し持つてゐるやうに思へてならないのだ。

それはたとへば、なぜ蟹は栗だの蜂だの臼だの牛の糞だのといふ変てこりんなものの協力を得て仇を討つたのか、といふ素朴な疑問から始まつて、なぜ猿と蟹なのか（この取り合はせは相当に異色ですよね。ジャータカや今昔物語に当たつてもこんなのはない）といふ根源的な疑問に至るまで、ずうつとわたしの頭を悩ませてきた課題であるのだ。

猿によつて非道な殺され方をしたのがたとへば犬であつたつて構はないのに、どうしてチヨツキンの蟹になつてゐるのかを考へてゆけば、何かが見えてくるやうな気がしてゐるわけである。そしてそれが見えてくれば、なぜ太宰が猿蟹を書かなかつたかの答もおのづと明らかになるのであらう。しかし、何しろ一筋縄ではゆかない相手だから、様々の方角からゆるゆると攻めてゆくことにしよう。

フロイトを真似て

筒井康隆によれば、学生の時分にマルクスかもしくはフロイトにかぶれなかつた人間は馬鹿ださうで、なるほど毒舌の天才はうまいことを言ひますね。その法則によれば近頃の大学生はみんな馬鹿だといふことになるが、存外同感の人が多いんぢやないだらうか。

それにしても、一時のフロイトの人気といふのは大変なもので、やたらに他人の夢を分析して、相手を色気違ひ扱ひして顰蹙《ひんしゆく》を買つた体験を持つ人はかなり多いんぢやないか。フロイトといふのは、どうもすべてが性的テーマに結びついていつてしまふといふ、魅力的と言へばさうも言へる不思議な学説なのですね。なにしろ、夢の中の帽子は男根で、水泳は誕生で、飛翔《ひしやう》は性交だといふ調子だから、どんな夢を見たつて性的欲求不満だといふ分析になつてしまふ。

まああれは、一面の真理だといふくらゐに受け止めておくのが無難でせうね。なるほど人間の心理のひとつの側面としてそれもありうるな、といふ程度に。

　ここでちよつと言ひ添へておけば、最近の精神分析学はフロイトの時代からはかなり大きな変容をとげてゐて、何でもかんでもセックス一辺倒といふことではなくなつてゐるのだが、それを論じるのはこの稿の目的ではないので省略する。とにかくまあ、フロイトは民話や伝説の分析にも精神分析学を応用したことで有名だが、わたしもここでそれに類したことをやつてみようといふつもりである。ただし、あの二十世紀初頭の学者そのままのやり方ではなく、大いに我流《がりゆう》のやり方でだけれど。

　猿蟹合戦を象徴劇だと捉《とら》へてみると、まづ気がつくことは赤色が多いことである。猿の顔が赤く、蟹の色も赤い。柿の実は赤ではないがまあそれに近いと言へば言へさうだし、囲炉裏《いろり》の火も赤い。さうであるからこそこれは絵本にした時に子供の心を瞬間的に捉へてしまふ色彩的効果を持つてゐるのであり、狸《たぬき》と狐《きつね》がみかんを奪ひ合ふ話だつたらかうはゆかない。そして、ここから先はちよつと話が飛躍するやうだけれど、赤といふのは血の色であり、生命を象徴してゐると考へて差支《さしつか》へないやうな気がする。

　つまり猿蟹合戦といふのはその色彩で見る限りにおいては生命の賛歌なのだ。だからこそ、にぎり飯を食ひ、柿を食ひ、栗は食はないけれど焼き、牛の糞まで出てくる。この物語は食欲で覆《おほ》ひつくされてゐると言つても過言ではないのだ。

そして、食欲が出てきたついでにここで大胆に言つてしまふなら、この物語には性欲の象徴もかなりちりばめられてゐる。(ほうらフロイト流になつてきたと茶化してはいけない)生命の賛歌ならば性欲が出てこないほうが不思議なのだから。

まづ猿が蟹からにぎり飯を奪つた時、代りに何を与へたのかを考へてほしい。それは柿の種であつた。種を与へるといふことにエロチックな象徴がこめられてゐると見るわたしを、けしからぬ人間のやうに考へてはいけない。わたしは少くとも現実生活においては非のうちどころのない紳士なのだから。(もちろんこれは自慢になることではないが)

その種から芽が出てやがて実が成れば、その実をもいで食ふことになるがこれも結局は生殖に関したことだと考へてよからう。そして、何よりもそのことがはつきりしてゐるのは、蟹が子を産む場面である。

猿は種を与へ、蟹は子を産む。これによつて、猿が男を、蟹が女を象徴してゐると見るのは極めて自然なことである。折口信夫といふのはわたしには読みにくい文章を書く学者(あるいは歌人)だが、彼だつてここのところには異論はあるまい。その彼の方法の原形は、やはり直接には本居宣長といふことになるだらう。とすればわたしのこの仮説は、ものの哀れの先生に認められたも同然といふことになる。

さう考へれば、われわれは猿蟹合戦といふお馴染《なじみ》の物語の中に新しい解釈を発見することになるであらう。にぎり飯と交換に柿の種をもらつて植ゑ、実を成らせた蟹とは女性のことだつたのだ。そしてその実を木に登つてむしやむしや食ひ、あまつさへ実を投げつけて蟹を殺したのは男性なのである。あれは男女の戦ひの物語だつたのだ。

ただし、いきなりかう言つてもにはかには信じられないといふ人もあるだらう。わたしもやや功を焦《あせ》つて結論めいたものを早く出しすぎたと反省してゐる。これについてはもう少しゆつくりと証拠固めをしていかなければなるまい。

しかし、今すぐこれだけは言つても構はないだらう。作家の痴水幼稚範《ちみづよちのり》は猿蟹合戦を小説化してその中で、これは個人にできぬことが組織力によつて達成されるといふ物語だと述べてゐるが、わたしに言はせればそれこそ噴飯物《ふんぱんもの》の大嘘《おほうそ》である。どうも痴水にはその場の思ひつきを大層な発見ででもあるやうに吹く癖《へき》があつて感心しないのだが、猿蟹合戦が組織力礼讃の物語だなどといふ日教組が喜びさうな説を安易に立てるのは困つたものである。フォード一世がベルトコンベアーに乗せて自動車を組み立てることを考へつくまで、この世の中に組織力などといふ考へが存在してゐなかつたといふことをこの通俗作家は知らないのであらう。それはあの忠臣蔵の面々についてだつて言へることで、彼ら四十七人は同じ目的を持つたバラバラの個人であることを忘れてはならない。主君への忠義といふ共通項はあつたと見てかまはないが、その行動が組織化されてゐたといふのは大間違ひである。もしさうなら勘平の悲劇は成立しないであらう。

話がそれてしまつた。とにかく、猿蟹が組織力の物語だなどといふのは、瘤《こぶ》取り爺さんが古代医学の物語だといふのと同じくらゐ馬鹿げた発言である。猿蟹合戦の中には男女の闘争といふ主題が隠されてゐるのである。

高みに登る猿

いつごろから身の上相談の内容から、暴力を振ふ夫の話が無くなつてしまつたのだらう。別に社会分析をして、今日の世の中を嘆《なげ》いてみようといふ気はないのだが、最近の相談のうち女性から来るもので多いのは、夫に嫌気がさした、面白くもない男で一緒にゐるのが苦痛だ、このままでは何のための人生だつたのかわからぬ、といつた調子のものである。

そこでつい老人めいた言ひ方になつてしまふのだが、昔はかうではなかつた。かつて主婦からの身の上相談の最もオーソドックスなものは、夫の暴力に苦しめられてゐるが子供もあるので離婚もできない、どうしたものか、といふ内容のものだつたのである。これに酒乱だといふおまけがつく時もあつた。ギャンブル狂ひである、といふ場合もあつた。身勝手に夜の生活を求められ、それが苦痛でならない、といふケースも少くなかつた。最近ではその逆に、結婚生活がつまらなく、おまけにもう一年ほど夜の生活がない、などと訴へられることになつてしまつた。

誤解のないやうに断つておくが、わたしは夫が妻に暴力を振はなくなつたのはよいことだと思つてゐる。女性に対しては断然紳士のわたしだから、それに暴力を振ふ男がゐるとは何とけしからぬことだ、と思つてゐたのである。

しかし、かつてはそれが珍しくなかつたといふのは、まだ歴史として風化してしまふほどでもない身近な事実であつた。そして、猿蟹合戦はさうした時代の中で語りつがれてきた話なのだ。

かつて主婦は一般的にセックスが好きではなかつたと断言して間違ひないやうな気がする。適当な人数だけ子供を産んでしまへば、もうあんなこと誰がしたいか、といふのが普通だつたのではないか。もちろん、そんなふうに考へるのには理由があつて、昔は男性が一方的に自分の都合だけを重視してそのことを行ふといふケースが多かつたらしいのである。わかりやすく言へば、自分の欲望処理のためだけに自分勝手なセックスをしたといふことですね。

ここでさりげなく乃木大将の妻、といふ言葉を出しておけば、ああれかと合点してもらへる、といいのだが、今の若い人には何のことだかわからないでせう。それとなく説明しておくならば、かの妻女はそれがいいものだなどとはつひに知らずに死んだ、といふ俗言があるのですね。

ところで、わたしがなぜここでそんな話を始めたのかといへば、猿が男で蟹が女だと見た時、あの仇討ち物語の中にはさういふ事情もちやんと含み込まれてゐることに気がついたからである。

柿の木が成長して実が成つても、蟹はその木に登ることができない。そこへ猿が来て、するすると自分だけ木に登り、一人だけでうまい柿の実を食べる。それを蟹に与へようとはしない。

つまりこの部分には、男だけが勝手に高みへ登つて快楽をむさぼり、女にはそれを与へないといふ、片手落ちの性関係のあり方が象徴的にこめられてゐるのである。さうして蟹がそのことに文句を言へば、男は暴力でもつてそれに答へるわけである。

現代の読者がわたしのこの分析をあまりにも無理なこじつけだと感じるのなら、ちよつと前には夫の暴力に悩む妻が少しも珍しいものではなかつたことを思ひ出してもらひたい。そして、夫婦生活が苦痛であるといふ意見が稀《まれ》なものではなかつたことを。

その時代には、猿蟹合戦のこの部分を読めば、大多数の者があゝこれは男の身勝手のことだと読み取つたのであらう。もちろん、性的高みに登つて云々についてはつきりさう理解できるわけではないだらうけれども、自分ばつかりいいめを見て、文句を言へばすぐ暴力を振ふ、これは男のやり口だわ、とみんな思つたに相異ないのである。

だからこそ絵本なり童話の本なりでこの部分を子供に読み聞かせる時の母親の声はつい熱のこもつたものになり、子供はまた本能的に敏感だから何となくそのことを感じ取つてゐたに違ひない。そしてまた子供はいつでも母親の側につくものだから、大人の男、つまり父親といふものは何と横暴なものであらうと感じるやうにできてゐるのだ。つまりここにはフロイトのいふ、ドストエフスキーの父親殺しと同型の心理が、日本的な物語の中にちやんと語られてゐたことになるのである。

そして蟹の子供が見事仇討ちを果したやうに、自分もいつかはそれをしなければならぬ、と感じ取るやうにできてゐる。すなはち父親殺しへの願望をこの話によつて植ゑつけられるのである。

さう考へてみると、猿蟹合戦とはまことに奥の深い物語であると改めて感じざるをえない。

ちよつとむだ話を

この項は本筋から離れた脱線である。さうさう力説ばかりしてゐてはわたしも疲れるし、読むほうだつて楽ではないだらう。大学教授の講義だつて、作家の講演だつて、適当に脱線があつて頭をほぐしながら進んでゆくのが上手といふものだ。

脱線の糸口はそれでも猿蟹のことにある。

先日、ある絵本を見てゐたら、最後の解説の部分で、蟹が柿の種を蒔《ま》いてから言ふ台詞《せりふ》について触れてゐて、こんなことが書かれてゐた。

ハヤク　メヲダセ　カキノタネ

ダサヌト　ハサミデ　チョンギルゾ

　このリズミカルな台詞は子供に詩への興味を育てるでしょう。それも一本の木を大きく育てるまでの労働の詩です。

　これを読んでわたしは頭をかかへましたね。ハヤクメヲダセカキノタネが詩だなどと子供に教へて、この人は国民的国語力を低下させようと謀《はか》つてゐるのかしらん。ハヤクメヲダセで育てられる詩の力なんて、どう考へてもせいぜい〈チカミチ　ヌケラレマス〉くらゐの詩（もちろんわたしは冗談を言つてゐるんです）を理解できる程度のものだよね。

　わたしはまへから、子供に詩を書かせるなといふことを言ひ続けてゐるのだけれど、未だに文部省の役人はわかつてくれてゐないやうだ。子供に詩を書かせるだけでなく、同じ年頃の子供の書いた愚《ぐ》にもつかぬ作文を詩と称して、見本にするといふ愚行をまだ続けてゐる。

　そして先日わたしはとんでもないものを発見した。そのことがこの脱線の本筋（といふのも変だけど）である。

　それといふのは、ある一般向け週刊誌の中ほどのところに、二ページ見開きで出てゐた広告なのだが、小学生のための中学受験予備校「日能研」の学力調査レポートといふもので、その回は小学四年の国語の問題が大きく扱はれてゐるわけである。

そこには、次の詩の題名としてよいものを後ろから選び記号で答へろとあつて、詩でも何でもないものが書かれてゐる。

まわる
しらゆきひめのへや
ぼくはそっとゆめをたべました
しあわせのいとぐるま
まわる

口から出まかせの与太《よた》としか思へないこのイメージの弱い文章の題名が、「わたあめ」で正解だと知つてわたしはがつくりしましたね。〈しらゆきひめのへや〉だとか、〈ゆめをたべました〉とか〈しあわせのいとぐるま〉とか、どうしやうもない低いイメージの決まり文句で「わたあめ」を連想させようと子供に強制することはもうほとんど犯罪に近いと言つてもいい行為です。おまけに解説の部分で、すべて平仮名で書かれてゐるところから、わたあめのフワフワした柔らかさを感じ取れ、などととてつもないことが書いてある。

しかし、次の問題はもつとひどかつた。

ピッチャーの投げた剛速球はバッターの手前で
　くにゅと
　　曲がった

この題名が「スプーン」だといふのだ。ここへ来てわたしの膝は怒りでぶるぶると震へだしましたね。この詩（どこが詩なのだ）の三行にわたる文字の配列は、いかにもスプーンのくにゅを表現してゐるとは思ひませんか、などと悪夢のやうな解説までつけられてゐるのだ。

だが、ひどいのはまだある。

いたずらして、食っちゃった
高くて、とび出ちゃった

ドングリの形をしたヤツもある
ノッペラボウには縁《えん》がない

この出来そこなひの謎々のやうなものに題名をつけろといふこと自体が暴挙としか言ひやうがない。そして、正解は「目玉」だといふのである。

どう考へてもこんなものは国語の問題ではない。そしてこれらは決して詩なんかではない。これが詩であり、この駄文の題名が「目玉」で正解なのだと子供に教へこむことは、感受性豊かな子供に馬鹿養成ギプスをはめるのと同じ行為である。

最後の「目玉」の問題は正解率が二十八パーセントだつたといふ。つまり七十パーセント以上の子供はこの愚しいゲームに馴染めなかつたのだと思へばほつとするが、その子供たちは、もつと勉強してこれが「目玉」だとわかるやうに努力しようとするのだと考へると気が重くなる。

それから、もうひとつ気に食はないのは、よく読むとこれらの詩（もどき）が、実は子供の書いたものではなく、大人が適当に書きなぐつたものだと見抜けることである。子供に詩を書かせること自体が愚行なのに、大人が子供のふりをしてわざと下らなく書いたものを読ませるといふのは二重の愚行である。こんなことをやつてゐる連中を野放しにしておいていいのかと言ひたくなるぐらゐのものだ。それから、表現が変に気取つてゐるのも醜悪だ。とにかくもう、これ以上ひどいものは考へられないといふくらゐにこの国語の問題は最悪である。リードコピーに「まず言葉を感じて下さい」とあるのが、何かの悪ふざけとしか思へない。

軽い脱線話のつもりだつたのについカリカリと怒つてしまつたのは予定外だつたけれど、子供たちが学校とか塾でかういふ教育を受けてゐると考へると、本当に気が重くなりますよね。そんな勉強をするよりもせめて、猿蟹合戦でもカチカチ山でもいい、いい話を沢山読みなさいと教へてあげたくなるぢやないですか。

仇討ちの協力者たち

赤穂義士の中で、大石内蔵助を別として、一番人気が高いのはおそらく堀部安兵衛だらう。なにしろ彼には吉良家討入りだけでなく、高田の馬場で既《すで》に一度仇討ちの助《すけ》太刀《だち》をしてゐるといふ輝かしい実績がある。しかもその時に美しい娘との馴《な》れ初《そ》めがあつたといふのだから人気者にならないわけがない。

そもそも、仇討ちの助太刀といふ役まはりは日本人が大変に好むところで、荒木又右衛門が大阪の陣でどんな働きをしたのか知らない人でも、彼の助太刀の話だけは知つてゐるといふくらゐだ。

猿蟹合戦といふ仇討ち物語にも、さうした事情から当然のこととして助太刀する者が出てくるのだが、ここに出てくる協力者たちは少しばかり異色である。

蜂と、栗と、牛の糞と、大臼。どうもあまりさつそうとしてゐないよね。

蟹といふのが女性を象徴してゐるといふことは既に述べた。とするとこれは、女性に援軍するやうなものは、そんな程度の小者しかあるまいといふ偏見《へんけん》で作り出されたものなのだらうか。まあ台所とか、家の周辺にころがつてゐるものくらゐが女には似合ひだといふ物語の伝承者の意識の反映なのか、といふわけである。

それもあると思ふ。けれどもこの協力者たちについてよく考へてみると、どうしてこれがなかなか興味深い援軍であると分析できるやうな気がするのである。つまりここに出てくる協力者たちは、本来暴力に対しては非力である女性にとつての、数少ない頼みの力であると考へられるのだ。(女性も近頃は決して非力ぢやないぞ、なんてまぜつかへしてはいけない)つまりこれは女の武器の象徴だと考へて差支へないのですね。

まづ蜂。

蜂は鋭い針で刺す。では女性の武器の中で、鋭く刺すのは何でせう、といふのは易しいクイズですよね。別にシェイクスピアの研究者ぢやなくたつて、それは女の舌、すなはち言葉である、とわかるでせう。

では栗はどうか。

火にくべると熱くなつてはじけるわけです。

どうもこの設問に関しては、紳士を自任するわたしとしては答へたくないのですね。女性の武器で、火にくべると熱くなつてはじけるのは何であらうかなんて、わかつてゐたつてとても書けたものではない。ただわたしとしては、栗、といふ名前の中に既に答が出てゐるぢやないかとだけ言つて、あとはむにやむにやと白ばくれてしまふことにする。

では牛の糞とは何なのか。

これはちよつとむつかしいでせう。ことに何事にも積極的な現代女性しか頭にない人には想像をつけにくいかもしれない。夫がどんなに暴力を振つてもぢつと堪へたのが昔の女性である。その、堪へる力そのものがひとつの女の武器だつたのだ。つまり牛の糞とは女性のさういふ、ねばり強い鈍重さの象徴なのですね。

では最後に臼。これは易しい。誰が考へたつて女性の武器で石臼のやうに重いものといへばお尻しかないでせう。それで正解です。

さて、さう考へてくると、もう猿蟹合戦とはどのやうな物語であるのかについての答は出つくしたと言つてもいいだらう。

つまりこの物語は、

①身勝手ですぐに暴力を振ふ男（猿）が
②種を与へて産ませるばかりで
③性の喜びの高みも味はせてくれず
④文句を言へば女（蟹）を苦しめるばかり

そこでひとつこらしめてやらうといふことになつたわけだ。母が殺され、その子が復讐する、といふやうにストーリー通り解釈してもよいが、そこまでは考へず、漠然《ばくぜん》と父親は子によつて報《むく》いを受けるといふ、『リア王』風の展開を想像してもよい。また、旧世代の男は新世代の女によつて報復を受けるのだ、といふやうな解釈をしても差支へないだらう。

とにかく遂に女は立ちあがつた。そして、

⑤女はその武器である舌鋒《ぜつぽう》の鋭さと

⑥熱くはじける栗と（むにやむにや）
⑦ねばり強い鈍重さとでもつて男を苦しめ
⑧遂に相手を打ち負かしその大きくて重い尻に敷く

といふ内容だつたのである。

そしてこのことは重要なことなのだが、この物語を聞いた時、誰もそんなふうに番号を打つて解釈したりはしないのだけれど、心の片隅《かたすみ》でほぼその通りに何となく理解してゐるといふことを見逃してはならない。子供であればただ何となく、猿は意地悪で乱暴で蟹をいぢめるからこらしめてやらなくちやいけない、と感じるだけなのだらうけれども、実はその物語を語つてくれる母の語調を通じて本質のところをしつかりと摑《つか》んでゐるのである。そしてまた本を読んでやつてゐる母親のほうも、漠然とではあるがこの話の本当の意味を感じ取つてゐるはずだ。感じ取つてゐるからこそこの物語は語りつがれてきたのであり、そして男は永久に女と子供から復讐され続けてゐるのである。

優れた文学の中にそのくらゐの象徴が込められてゐることは決して珍しいことではない。むしろ、さうした高度の象徴性を含んでゐるからこそ、この話は長く語りつがれてきたのだと考へることこそ正当な解釈といふものであらう。

再び太宰の謎について

たとへば在原業平《ありはらのなりひら》の歌、

忘れては夢かとぞ思ふ思ひきや雪ふみ分けて君を見むとは

でもいい。もしくは紀貫之《きのつらゆき》の、

人はいさ心も知らず故里は花ぞ昔の香ににほひける

であつてもいい。われわれ日本人は古来、耳からざつと聞いただけで、論理的に理解するよりもまづ先に、全体の意味を感覚的に摑み取る能力に長《た》けてゐたと言つてよいだらう。その方法でもつて、和歌も理解し、時には素人ながら俳句もひねつてみるといふ文化的土壌の中に生活してゐるわけである。

さう考へてみれば、この稿でわたしが分析してみたやうなことは、太宰治といふ文章と言語といふものについての名人には、すべてわかつてゐたに決つてゐるのですね。彼にしてみれば、猿蟹合戦といふ話は、どろどろした男と女の闘争の話であり、子供までからんだ家族の話だといふことが見え過ぎるほど見えてゐただらう。

つまりそれが、彼が『お伽草紙』の中に猿蟹合戦を加へなかつた理由に違ひない。

子供より親が大事、と思ひたい。

と書いた『人間失格』の作家には、この男と女の愛憎劇は思はず目をそむけたくなるやうなものだつたに違ひないのだ。家族のごたごたも、男女間のどろどろも、あの感受性の強すぎる傷つき易い作家には、得意のお道化《どけ》をやつてみせる意欲すらを殺《そ》ぐものであつたのだらう。

かう考へることはほぼ間違つてゐないとわたしは自負してゐる。すなはち、太宰がどうして猿蟹を書かなかつたのか、といふ最初の素朴《そぼく》な疑問に導かれて、わたしはここまで分析の手を伸ばすことができたわけである。まことに先人の投じる明りといふものはありがたいものである。

猿蟹合戦とは結局のところ、あるひとつの反乱を語つたものであつた。そして反乱とはいつの世にも祭であるといふ側面を持つてゐる。ただこれが、祭としての反乱であつたのか、反乱としての祭なのかは、おそらく誰にもわからないであらう。どちらにしても、うんと大づかみに言つてしまへば、猿蟹合戦は神経の繊細な作家には堪へがたいほどの、生命の讃歌であると断定して差支へないやうな気がする。

●わたしの表記法について

a、漢字は常用漢字とか音訓表とかにこだはらないで使ひたいのだが、意外とこだはつてしまつてゐる。字体は新字しか知らない。

b、仮名づかひは歴史的仮名づかひにしたいのだが、いろいろ間違つてゐさうで冷汗《ひやあせ》ものである。しかしともかく促音《そくおん》・拗音《ようおん》を小さくしないことだけは懸命に心がけた。

c、ただし字音の仮名づかひは、現代仮名づかひに従ふことにしようとしたが、本当はそれがどういふ意味なのかよくわからない。

例　怪鳥（カイチヨウ↑クワイテウ）？

d、チヂ、ツヅの清濁《せいだく》両音のある漢字の場合、ヂヅを認める、といふことは何を意味するのかわからなかつた。

e、字音の仮名づかひのうち、特に誤りやすいものは「——のせい」で、セヰとしないのは、「所為」の字音ソイの転だからなんださうです。

f、送り仮名を送りすぎないやうに心がけてゐたのは前半までで、後半はむちやくちやになつてしまつた。

国語入試問題必勝法

意欲がわかなかったが、とにかく浅香《あさか》一郎は最初の問題に目を通した。

●次の文章を読んで、あとの問いに答えなさい。

積極的な停滞というものがあるなら、消極的な破壊というものもあるだろうと人は言うかもしれない。なるほどそれはアイロニーである。濃密な気配にかかわる信念の自浄というものが、時として透明な悪意を持つことがあるということは万人の知るところであろう。

ここまで読んで一郎は頭がくらっとした。

何が書いてあるのか皆目《かいもく》わからないのだ。現代文の論説文を読むといつも必ず同じ気分を味わわされる。何を言いたいのかまるっきり理解できないのだ。

ひとつひとつの言葉は、ほとんど知っているものばかりである。積極的、もわかるし、停滞もわかる。ところが、積極的な停滞とやられると、さっぱりお手あげである。頭にイメージが何も浮かばない。

ところが、入試国語問題の文章というのはほとんどがこれなのである。

一郎はちらりと月坂《つきさか》のほうを見た。お手あげです、という顔をしてみせるが、月坂は知らん顔である。早くやらないと時間がもったいないぞ、とでも言うような態度である。

英数はある程度できるのだが、国語が大の苦手である、というのが来年の受験をひかえて浅香一郎の悩みの種だった。参考書や問題集を買ってかなり勉強してみてもその悩みは消えなかった。なぜなら、ほかの科目なら、正解を見れば自分が間違えたことがわかるし、よく考えればどこをどう間違えたのかを理解できる。間違いをしたことによって、ひとつ理解を深める、ということがあるわけだ。

ところが、国語の問題はそういうわけにいかないのである。苦手意識があるせいなのかもしれないが、正解を見ても、なぜそれが正解なのか一郎にはまるで理解できないのだ。だから、いくら問題集をやってみても、学力がつく、という気がしない。一体この種の問題について、何をどう考えれば正解に至るのか、という方式が摑《つか》めないから、いつまでたってもいい点が取れないわけである。

そんなことを一郎が父親に話したら、父親が捜してつけてくれた家庭教師が月坂であった。予備校で国語の教師をしていたり、国語の参考書を出したこともあるという、この役割には文句なしの経歴の持ち主である。その割に若くて、まだ三十代の半ばといったところか。教師のタイプというよりは、どことなく仕事の完璧な、工場一の熟練工、といった印象の男であった。

今日はその月坂が来て最初の指導を受ける日であった。まず実際に問題をやってみようということになり、一郎は自信のない気持のままそれに取りかかったのである。月坂が知らん顔しているので、一郎は問題文の続きを読んだ。

エヒエルト・シャフナーは[ア]その窮極のテーゼに等身大の思考を持ち込んで[①]センメイな構図を示した。人間は道具の製作及び使用によって自己を自然と結びつけ、それによってひとは敗北主義から独断家になるわけである。[a]粗密は気質の差によるものである。すなわちその経験に関して［　A　］を蓄積することができないのは、いうまでもない。リアリズムが客観的、論理的であるとすれば、比喩的表現は直観的で、飛躍的、超論理的、［　B　］であるように見ることも可能である。神は集団の象徴であり、宗教とは集団の自己②スウハイにほかならないというE・デュルケームの議論はこのことによって証明されているといってもよいだろう。

駄目だ、と一郎は思った。絶望的な気分である。何が書かれているのか、まるっきり、一から十まですべてわからないのである。

数学ならある程度の点も取れるのに、どうしておれには国語の問題ができないのだろうと情なくなってくる。やっぱり頭が悪いということなのだろうか。一郎はまだ延々と続くその文章をそれ以上読むのをあきらめ、とりあえず設問のほうへ目を向けた。

問一　傍線①〜④のかたかなを漢字に改めよ。

これはまあ、なんとかなる。センメイは鮮明だろう。スウハイは、えーと、すぐには出てこないが、とにかくあがめたてまつるという、あのスウハイだ。ハイは拝だったか。

書けない漢字があるというのは恥だが、それは不安になるほどのことではない。しかし、ほかの問題はそうではない。

問二　傍線アの、その、の内容としてふさわしいものを次の中からひとつだけ選べ。

(1)文化が時には自然と対決するという
(2)古人の経験と自己の相異から生まれる
(3)いろいろのことがあるその全体の
(4)夏目漱石の文学における

問三　傍線aの文章と、最も近いものを次の中からひとつだけ選べ。

(1)粗と密は気質というものの差による。
(2)粗は粗であり、密は密であり、それははっきり別のものであって、そんなこともわからないのは馬鹿だ。
(3)人間の多様性。
(4)あたかもトマトとレモンは別のものであるように。

泣きたい気分になってきた。

もとの文章の意味がわからないのに、その内容に近いものが選べるわけがない。その上、この中から選べと示されたものが、またとてつもないものばかりで意味不明である。

問四　この文章に題目をつけるとすれば、次のうちどれがふさわしいか。

⑴国家と人間

⑵北京の秋

⑶リアリズムの逆襲

⑷続・社長漫遊記

「まるっきりわかりません」

ついに一郎はギブ・アップし、月坂のほうを見てそう言った。

月坂はやけに力強くうなずいた。

「うん。この問題はかなりむつかしいからね。できなくても自信を失うことはない」

「あ、そうですか」

意外な言葉に拍子《ひようし》抜けした。

「まずはきみがこの種の問題にどう取り組むかを見てみようと思って、試しにやってもらったんだよ。そして、見ててわかったのは、きみが国語の問題というものを根本的に誤解しているということだ」

「そうなんですか」

もともと自信がないのだから、ズバリと決めつけられても逆らえない。

「きみはその問題を与えられて、まず問題文を読み始めたね。それが間違っている」

「でも、次の文章を読んで問いに答えよ、と書いてありました」

「そんなものは意味のない決まり文句だよ。その通りに受け止めてはいけない。試験というものには時間のワクがあるんだよ。その少ない時間内で沢山の問題をこなさなければならない。だったら、受験者を悩ませようと用意されたややこしい文章をいちいち読んでいる余裕はないはずだ」

でも、文章を読まなければ質問に答えることができないじゃないですか、という言葉を一郎は腹の中にのみ込んだ。月坂の語調があまりにも自信に満ちた力強いものだったからである。

「それから、もっと悪いのは、きみは読んだ文章の内容を理解しようとした。違うかい」

「ええ。書いてあることの内容を理解しようとしました。でも、むつかしすぎてさっぱりわかりませんでしたけれど」

「それが間違っているんだよ。その文章の内容を理解したって何の役にも立たないじゃないか。そんなことに頭を使うのは無駄だ」

「でも……」

「ここで大切なのは、設問に正しく答えるということだ。そうだろう。問題の文章を理解したってしょうがない」

「でもそうしなければ問いに答えられないんじゃないでしょうか」

「それがきみの勘違いだ。この種の問題は、原文とは無縁の点取りゲームにすぎないんだよ。そしてそのルールを知っているものだけが正解することができる。つまりそのルールをマスターすることが大切なのだ」

「はあ……」

一郎はあまりにも意外な言葉に目をパチクリさせた。

「だから、できる人間はこういう問題に対して、まず第一に設問に目を通す。それから、その問題に解答するためにちょっとだけ、問題文も見るわけだ。もっと修業すれば問題文を読まずに正解を出すことも不可能じゃない」

「ふわー」

一郎は思わずため息をついた。月坂の言うことがあまりにも予想外のものだったからだ。

そして同時に、あのややこしい問題文を読まずに正解を出せる技をマスターできたらどんなにいいだろうと思った。

「少しはわかってきたかな。きみは今までゲームのルールを誤解したままそれに参加していたわけなんだよ。ルールを知れば国語の問題なんて簡単なものだ」

「そのルールを教えて下さい」

「うん。ではまず、内容選択問題のルールから教えよう。この問題をやってみたまえ」

そう言って月坂が出したのは、次のような問題だった。

●次の文を読んで、あとの問いに答えよ。

英語の語源は日本語である。

私がここで論証しようとしていることはこの短かい一文に要約できる。

しかし、内容の大きさが文の短かさとは比例しないことは、言を俟《ま》たない。思えば、従来どの比較言語学者も、日本語が何か他の言語の語源であるというような発想を持ち得なかったのである。

日本語の語源は何か。彼らの固陋《ころう》な思考力では、その疑問しか思いつけなかったのだ。日本語の語源は朝鮮語だ、アイヌ語だ、タミール語だ、モンゴル語だ、云々《うんぬん》。自虐的ないわゆる日本文化人のワクの中からしか思考できない彼らは、当然のことのように、日本はどこか他国から言葉さえも貸し与えられたとのみ発想するのである。

日本の文化はすべて他国からの借りものである、というのが彼らの隠された本心なのだ。

だからここに私が、日本語が他国の言語の語源になっているという説を展開することは学界への挑戦以外の何ものでもないわけである。

（吉原源三郎『英語語源日本語説・序文』）

問一　この文章の内容に最も近いものを次の中からひとつだけ選べ。

(1)短かい言葉でも、それが曇りのない目で見て語られたものであるなら、大きな内容を持つことがある。
(2)日本人文化人の思考法は自虐的である。
(3)日本人は卑屈にならないで、自信をもって自国の文化を見るべきである。
(4)私が立てた論は、学界に受け入れられないだろうが偉大なものである。
(5)日本語が外国語の語源になるなどと誰も考えつかなかったのは、日本人が外国人ではないからである。

まだ秘術をマスターしていないのだから、一郎は問題文をよく読んだ。この問題の文なら、比較的わかりやすい。ほぼ内容を理解することができた。

しかし、五つの中でどれが正解なのかは、そう簡単ではなかった。どれも、なんとなく問題文と同じことを言っているように思えるのである。

じっくり考えて、まず(5)を除外した。その文章だけは、何が言いたいのかよくわからなかったからである。

次に(4)を外した。この文章だけは他と調子が違っていて、内容がみみっちいと思えたのだ。

(1)から(3)までならどれも正しいような気がしたが、考えて一郎は(3)を選んだ。それが一番内容が立派で、文の作者が主張したかったことのように思えたからだ。

「答は(3)だと思います」

「どうしてそう思うんだね」

一郎は自分の思考法を説明した。いいとも悪いとも言わず、月坂は耳を傾けている。話しているうちに、違っているのかな、と自信がなくなってきた。

一通りきいてから、月坂は薄い笑いを顔に浮かべて言った。

「典型的な誤りのパターンだね。きみの考え方は、この問題の出題者の罠《わな》にまんまとはまっている」

「罠なんかがあるんですか」

「もちろんだよ。出題者の狙《ねら》いは、いかに多くの者をひっかけて誤った答をさせるか、というところにあるんだからね。まずそのことをよく認識しておかなきゃいけない。国語の問題というものは、間違えさせるために作られているんだ」

「はあ」

これまでの体験に照らして、ある意味では納得できる言葉だった。

「では、この種の問題を解くルールを説明しよう」

「お願いします」

「まず、このことを知っておくんだ。こういう問題でたとえば選択肢《し》が四つある場合は、大、小、展、外、の四つになっていることが多い。選択肢が五つの場合は普通これに、誤、というのが加わる」

月坂は言いながらノートにその五つの言葉を書いた。

「大、というのは、書かれていることよりも話の内容を大きくしたものだ。この問題だと(1)がそれだよ。問題文の内容を整理して、より大きな一般論に拡大しているだろう。だからこれは、一般論としては正しい、というものになっている」

そう言われれば、そんな気もした。

「次に小。(2)がこれだよ。これは問題文の中の一部分だけを取り出したものだ。確かにその文章の中にそういうことは書いてあるんだが、書いてあることはそれだけじゃない、というパターンだね。初心者は普通この二つ、大か小にひっかかることが多い」

おれは(3)を選んだから初心者じゃないのか、と一郎はいい気分になった。

「この大と小にはひっかからないように注意するように。つまり、問題文の内容の大きさにみあったものを選ばなければいけないということだね」

一郎は、はいと言ってうなずいた。言われていることはよく理解できた。

「次は展だ。(3)がそうだ。きみが選んだ答でもある。多少考えた人間がついひっかかってしまうのがこれだ」

やはり間違っていたらしい。

「これは、問題文の論旨《ろんし》をもう一歩展開させたものなのだよ。よく読めばわかることだが、ここに書いてあるようなことは、問題文には書いてないだろう。問題文のほうには、日本人文化人は外国に対して卑屈だ、ということが書いてあるわけだ。だけど、そうじゃなく、自信を持つべきだ、とはどこにも書いてない。つまりこれは、この文章から予想される結論とか、想像できる作者の主張、という性質のものなんだよ。そこで、内容をある程度理解した者はついひっかかってしまう。だが、設問は、文章の内容に近いものを選べ、だからね。作者の頭の中の主張を選べ、ではないんだよ」

「深読みしちゃいけないってことですか」

「その通りだ。言いかえれば、その文章の作者をことさら立派に見ようとする必要はないということでもある。書いてあることだけを見ろ、だよ。注意しなくちゃいけない。これが出題者のしかけた罠なんだからね」

「今まで、何も知らずにこういう問題をやっていて、ずいぶん罠にかかってたんですね」

「そう思えるようになれば大丈夫だ。さて、次を説明しよう。ひとつ飛ばして誤、についてだ。(5)がこれだね。これはひっかかる者が少ない単純な間違いだよ。その文章自体が矛盾していたりして、内容がおかしいものだ。数合わせのための出鱈目《でたらめ》文章だね。これはいい。そこで問題は、外、ということになる。(4)の文章がこれだ。この場合だと、『私が立てた論は、学界に受け入れられないだろうが偉大なものである』というやつだね。これこそ、外、つまり、なんだかちょっとピントが外れている、という感じの文章だよ。確かにそういうことが書いてあるんだが、少しズレてるだろう」

「あの、それもズレてるとすると、結局選ぶべき正解がなくなっちゃいますけど」

「そうじゃないよ。この種の問題の正解はこの、ちょっとピントが外れている、外、なんだ。つまりこの問題の正解は(4)」

「え。ちょっとピントが外れているのが正解なんですか」

「問題文をよく読みたまえ。内容に最も近いものをひとつ選べとなってるだろう。内容を正しく要約したものを選べ、ではない。考えてみれば当然のことじゃないか。そんなに正しく要約した文章がこの中にあれば、大多数の受験者が正解してしまう。それじゃあ試験にならないだろう」

一郎にとってその言葉は、頭を殴《なぐ》りつけられたようなショックであった。

ちょっとピントの外れているのが正解だなんて、これまで考えたこともなかった。そうでなければ正解者が多くなるからって、そんなひどいトリックになっているとは。

「インチキみたいですね」

「それが国語の問題なんだよ。たとえばね、この文章を正しく要約すれば、こんなふうになるかな。ここに私が立てた論は、思考が固陋で外国に対してつい自虐的になる日本人の学界には認められないだろうが、本当は偉大なものである。まあこんなところだ。この文章から、思考が固陋でとか、日本人の、という説明を抜いたのが(4)の文章になるわけだ。そこで妙に舌足らずで、卑俗な印象になるんだね。でも、一番近いものと言われたらやはりこれを選ぶしかない。問題作成者の意図は、そうやってちょっとピントを外して受験者の頭を混乱させることにあるんだよ」

一郎は考え込んでしまった。これまで、この種の問題をやった時、間違えて、しかも正解を見てもピンとこなかったのは当然のことだったのだ。最初から問題が、どれを選んでもピンとこないように作られていたのだ。

「でも、今私が教えたルールをマスターすればもう大丈夫だ。まず例文を、大、小、展、外、誤に分ければいい。これは慣れれば簡単なことだよ。そして、外を選んでおけば正解なんだから」

「あの」

一郎は月坂という家庭教師を信頼し始めていた。今までなんとなく頭の中でもやもやしていた事柄《ことがら》について、自信に満ちた口調でズバリと分析してもらえるのには快感があった。

「それはわかりました。でも、その方式だとやっぱり問題文を読まなければ解答できないわけですよね。先生はさっき、問題文を読まなくても解答できる方法があるって言いました。できればその方法を教えてもらえませんか」

「ほう。基礎コースもまだ会得《えとく》していないというのに、いきなり上級コースを教えろというのかね」

「あ、駄目ですか。だったらあきらめます。いや、そのほうが楽だなあと思ったものですから」

「まあいい。今日は特別に、問題文を読まなくても解答できる秘技というものを教えてやろう」

「あ、ありがとうございます」

「ただし、いかに秘技といってもさすがにこれは正解率百パーセントというわけにはいかない。国語問題の中には二流の教授が作った愚作《ぐさく》もあるわけで、そういうのを含めて考えれば正解率八十パーセントというところかな。だからこの手は、どうしても時間が足りないというような場合に用いるのがいいんだよ」

「なるべくそうします」

「では教えよう。これは二つの法則からなっているんだ。その、第一の法則は、長短除外の法則」

「はあ。長短除外の法則……」

「つまり、いくつかの選択肢のうち、文章の一番長いものと、一番短かいものはまず読むまでもなく除外してよいということだ」

「へえ。その文章の長さでみるんですか」

「そうだ。つまり、受験者をひっかけようとして出している問題なのだから、文が異様に短かいとか、逆に長いとかいう、目立つところには正解を置きたくない、というのがむこうの心理なのだよ。たとえばこの問題ならば、選択肢のうち、(2)が一番短かい文章だ。そして、(1)と(5)が同じ長さで、最長だ。だから、(1)と(2)と(5)は読むまでもなく外してよいということになる」

「すると残るのは(3)と(4)ですね。これはほぼ同じ長さです。あ、そこまでは知っていてもぼく間違えるかも知れませんね。(3)は非常にいい意見が書いてあって、(4)は自分の自慢のような、みみっちい内容だからつい(3)のほうを選んでしまいそうです」

「そこで第二の法則が役に立つんだよ。それは、正論除外の法則だ」

「えっ、正論……」

「正論除外の法則。つまり、いかにも立派な正論めいたことの書いてあるほうを捨てよ、という法則だよ。その理由はもうわかるだろう。いかにも立派な内容のことを書いて、受験者をひっかけよう、というのがむこうの手なのだ」

「ぼく、今までずっとそれにひっかかっていました」

「それは初心者がよく陥《おちい》る誤りだよ。しかし、もうその心配はない。この二つの法則を知っていれば、問題文を読まなくても正解の(4)が選べるんだから」

この人はすごい、と一郎は思った。まるで機械の分解や組み立て方を教えてくれるように、あの摑みどころのなかった国語問題の解き方を解明してくれる。今までただぼんやりとしていたものが、にわかに鮮明に見えてくるような気がした。

もともと一郎は、数学などの論理的学問ならある程度できるほうだったのである。月坂の教えてくれる理論とルールが、なるほどと頭に入ってしまえば、急速に国語問題の正解率があがっていくことになった。
たとえばこんな問題がある。

(前略)「百羽ばかりの雁が一列になって飛んでいく」「暖い静かな夕方の空を」おもうと、私どももどこか分からないとおい空への□にさそわれる。

問 空欄に入れる最も適当な語句を次の㋐～㋔の中から選べ。

㋐幻想
㋑虚無
㋒郷愁
㋓悲哀
㋔想像

詩があって、その解説文からの出題である。
そう易しい問題ではなく、以前の一郎だったらどれでもいいような気がして大いに迷ったところだろう。

ところが、月坂は次のような法則を教えてくれた。すなわち、オカルトはひっかけ、人情ものに正解あり。

オカルトとは、ここでは広く神秘的、幻想的な用語をさす。この問題でいえば、㋐の幻想とか㋑の虚無がそれである。この種の言葉は高校生にしてみれば非常にイメージが広く、また、ロマンチックな言葉に思えるのでつい選んでしまいがちである。しかしそれこそが出題者のひっかけであるというのだ。

月坂によれば、もちろん世の中には神秘的気分や、幻想的な美を描いた詩や散文は存在するのだが、国語問題の出題者のレベルではそういう高度なものは理解できない。だから出題するはずがない、というのである。

奴らが理解できて、喜んで出題するのは、故郷への思い、異国への憧《あこが》れ、孤独の悲しみ、青春の苦み、くらいが関の山で、どちらにしても人間の心情のことばかりだという。だからこういう問題なら、問題文を読むまでもなく、㋒㋓㋔から選ぶのだが、㋓の悲哀はおセンチすぎる、㋔の想像は、情感がなさすぎる。すなわち、長短除外の法則を変形してあてはめてみれば、これは㋒の郷愁が正解だと一目で分かるのだそうだ。

本当だろうかと思って解答欄を見ると本当に㋒が正解だった。

ますます月坂を尊敬した。もっと早くこの先生に出会っていたかった、と思った。月坂の教え方ならば、たとえその問題を間違えたとしても、どう間違えたのかを納得することができる。ルールや法則の適用を誤ったのだから。

そう思えば勉強への意欲もわいた。これまで楽しくなかった国語が、むしろ好きになってくる。罠をしかけた出題者の裏をかいて打ち破っていくという、道場破りのような快感を味わえるのであった。

こうして、一郎は国語問題に強くなっていった。そしてついには、あの曲者《くせもの》の、何字でまとめろ問題にも挑戦していくのであった。

その種の問題にとりかかる前、まず月坂はこう言った。

「こういう、内容を三十字にまとめろとか、傍線の文章の意味を五十字で説明しろ、という問題は本当はむちゃくちゃなんだよ。最低の愚問だと思っていい」

「そうなんですか」

「そうに決っているよ。三十字で言えることなら原作者が三十字で言ってるはずじゃないか。それじゃあ言えないからもっと長く書いているんだ。つまりこういう問題は、私の家は駅を降りて右へ出てその街道を道なりに三分ほど歩きますと角に時計屋がありますから、そこで左へ曲がってそのまま進んで、銀行を越したところにある夕バコ屋の向かい側の生け垣の家です、という文章を、私の家は駅から歩いて行ける距離のところにあります、とまとめさせるようないいかげんなものなんだ」

「はあ」

「だって、本当のところ、というものは決して何字以内で言えるようなものじゃないよ。たとえばここにこういう問題がある」

そう言って月坂は次のような問題を示した。

設問のみ　文中で作者は「瞬間的な芸術の閃光」という表現を使っているが、それはどんな意味か。三十字以内で説明しなさい。

「この問題を、たとえば岡本太郎画伯がやったと考えてみよう。そうしたらきっと、解答はこんなふうになるだろうね」

月坂はノートをめくって、わざわざ用意しておいたらしい文章を見せた。

「フン。芸術というようなものは、せせこましい理屈やなんかじゃなくて、生きている人間が、その生命の、というか、人間の活力が瞬間的に、ほとばしり出る、そのバクハツの産物なんであって、フン、閃光とかなんかそんな、弱々しいものではないんだ。作った人間も、なんだかわかんないが思わず作ってしまった、というのが芸術なんで、見る人も、なんだこれは、と感じるようなものが芸術のあり方なんだ。フン」

(百九十字)

「この通り、画伯には三十字でまとめるなんてとてもできないことだろうね。しかし、どこかの大学教授や、予備校の教師が芸術について三十字でまとめたものと、この岡本画伯の文章とどちらが内容的に上か、それは言うまでもないだろう。こっちのほうが上なんだ。しかし国語の問題では、こっちが誤りにされてしまう」

「つまり、正しいことや、高度な内容のことを言おうとする必要はない、というわけですね」

この頃になると一郎も、国語問題の裏を見るということにたけてきていた。

「そうだ。なかなか鋭いね。要するにこんなのはもとが愚問なんだから、まともに考えては損だということだよ。そこで、こういう問題に答えるための三つのポイントを教えよう」

そう言って月坂が教えてくれたポイントは次のようなものであった。

①文中に使われている用語をそこここに使ってまぶしておけ。
②その文章の作者のファンになり、その人にファンレターを書くつもりで書け。
③具体例をあげず、抽象的な語句だけをずるずるとつなげ、最後に、という こと、、、、と まとめる。（役所の発表する文書を参考にせよ）

〈例〉

「今後、生涯学習社会を目指し、大学等において、成人の特性を生かした教育、学習に関する学問の研究開発に着手し、生涯学習の科学的基礎づけを行うことや、多種多様な自由な学習者を対象とする成人教育のカリキュラムの在り方について検討し、学習のニーズに対応することが望まれる」（臨時教育審議会発表『審議経過の概要（その四）』より）

一郎は自信たっぷりに言った。

「わかりました。悪文でいいということですね。原作者におべっかを使ったごてごてした意味の通らない文章でいいと」

「原則としてその通りだ。だって、愚問に対しては愚答こそが正解なんだからね」

こうして、一郎は曲者の、何字でまとめろ問題に挑戦していった。さすがに、これはルールを知ってすぐ正解が出せる、というほど易しくはなかった。どちらかと言えば論理的思考を得意とする人間であったため、ついつい矛盾がなく、誤解を招かないような文章を書いてしまい、与えられた字数内でまとめることに苦労してしまうのだ。やってみて確かに感じるのは、そんな重要な内容が二十字や三十字でまとまるわけがないじゃないか、何を考えてんだ出題者は、ということだった。

しかし、努力のかいあって少しずつ上達していった。そしてついに一郎は、次のような問題にも正解できるようになったのである。その問題文は原稿用紙にして十枚分くらいはある小説であったが、そのまま引用するのはやめて要約する。

主人公の三木寿賀子は、幼い時に憧れの兄を海の事故で失い、それ以来その面影を追い求めている。そして彼女が十七歳の時、逞《たくま》しい海の男梅吉と出会い、その人に兄の面影を発見して恋に落ちる。父親の大反対や、妹の自殺未遂などがあってごたごたしたが結局二人は結ばれる。しかし戦争が始まり、結婚式の翌日、梅吉は戦地へ行く。残された寿賀子は手芸教室を開くが、時局柄軍人につぶされる。軍人山村は寿賀子の肉体を狙って襲うが幼なじみの三太郎に助けられる。やがて彼女はたった一夜の結婚生活でできた長男梅夫を生む。そして戦争は終ったが、夫梅吉の戦死の報告が届く。悲しんでいた寿賀子だが、三太郎のはげましで力を出し、裁縫《さいほう》教室を開く。彼女には経営の才能があり、それはどんどん大きな学校になっていった。その頃三太郎に求婚された寿賀子は、その申し出を受ける。そしてその結婚式の日に、戦死が誤報であった梅吉が帰ってくる。それを知った二人は、戸籍上は夫婦だが清い仲でいる。やがて、出戻りの妹が同居するようになり、妹と三太郎は結ばれる。そこで寿賀子は離婚し、造船会社の社長となっていた梅吉と二度目の結婚をする。その頃彼女の母は癌《がん》で死ぬ。父はボケる。息子はグレる。夫の会社はつぶれる。彼女の学校は乗っとられる。いちから出なおそうと夫と手をとりあった寿賀子は、自分の人生を振り返って考えるのであった。

問　主人公寿賀子は自分の人生を振り返ってどういうことを考えたか。六字以内でまとめよ。

このむつかしい問題に対し、一郎は即座に解答した。

〈色々あった。〉

「見事だ。句読点も含めてたったの六字で、主人公の人生への思いをまとめきっている」

月坂もほめてくれた。

「正解ですか」

「もちろんだ。完璧だよ。もうきみは国語問題に関して上級者の域に達している。私からきみに教えることはもうひとつもない」

「せ、先生」

というわけで、浅香一郎は国語でいい点がとれるようになった。やがて年が明け、大学の入学試験の時がきた。

その結果、もちろん目標の大学に合格した。もともと英数には自信があった上に、国語でも点がとれるようになったのだから合格は当然のことである。

彼は恩を受けた月坂に、報告と礼を兼ねた手紙を出した。

その手紙は、国語の問題ができるようになっても、国語力とは何の関係もない、ということをよく物語っていた。いやむしろ、ああいう問題で点が取れるようになると国語力が低下するということを物語っていたかもしれない。

こんな手紙である。

人生における喜びの中のひとつに目標達成の喜びがあるということを知ったこと。

それが先生に教えられたことでしょうか。それとも、合格して嬉しい。または、先生はこの世にひとつの才能を送り出すという仕事をした。次は、おかげで合格できましたがご恩は忘れません。今のぼくの気持に近いものをこの四つから選ぶとすればどれが最も近いでしょうか。

とにかく、先生のことを考えるといろいろなことが思い浮かびとても十字ではまとめられませんが、強いてまとめると、先生のご恩で合格だ。

今のぼくは未来に対し、

①世の中ちょろいもんだという気分

②今後も努力を重ねていきたい気分

③ぼんやりして何も考えられない気分

④とにかく遊びたいという気分

⑤幻想的な寂しい気分

のうちのどれでしょうか。

思えば、真実と虚構とが幻影のように世界像の剥離《はくり》を繰り返す現代、抽象化された受験という典型的な体験はぼくに□を教えてくれました。□の中は多分、やればできるということ、です。私たちは遊戯の中にも宗教的儀礼の場合のように、慰藉《いしゃ》と勇気とを求めているのである。

問一　ところで先生って独身なんですか。

問二　今度遊びに行ってもいいですか。

問三　ぼくはよい生徒でしたか。次の中から最も近いものひとつを選べ。

①大変よい生徒だった。

②覚えの悪い生徒だった。

③性格に問題のある生徒だった。

④どうでもよい生徒だった。

⑤幻妙で客体化された生徒だった。

時代食堂の特別料理

1

その食堂はうらぶれた小さな商店街の、そのまたひとつ裏道に面してあって、そのあたりにはもう商店もほとんどなく、工場の塀だとか崩れそうなボロアパートの間にひっそりと開店しているのだった。

開店しているといっても知らない人なら必ず見すごすに違いないささやかな営業である。看板もないし、暖簾がかかっているわけでもない。ただ足を止めてよく見れば、色のあせたカーテンが見透かされるガラスのはまったドアの横に、普通の家の表札よりは一まわり大きい板きれが掛けられていて、そこに墨で「時代食堂」と書いてあるのだった。

昭和二十三年生まれの福永信行は、その食堂のどことなく秘密めいた、なんだか入るのがうしろめたいようなところを、比較的好んでいた。これに似た気分はいつか過去に味わったことがあるな、という気がするのである。子供の頃、百円札を一枚か二枚握りしめて近所のはやらない床屋へ行った時の気分に似ているのかもしれない。

彼が初めてこの食堂へ入ったのは、三週間ほど前のことだった。休日といってもはしゃぎまわる子供たちの相手をするのはなかなかに骨で、ちょっとそこから逃れて一人で散歩に出たのだった。陽ざしの柔らかさに誘われるようにいつもは通ったことのない裏道をたどり、ふと目にしたのがこの食堂の小さな表札風の看板であった。いかにもはやらなさそうな店だな、という気もしたのだが、腹が減りかけていたこともあって、何気なく入ってみたのである。

それ以来、その食堂へ来るのは今日で四度目であった。休みの日になると、つい足がそちらへ向ってしまうのである。その食堂の特別料理を食べることは彼の秘かな楽しみになっていた。

ガラスのはまったドアを押して中に入ると、店内は薄暗い。照明が白熱電球なので、どことなく家庭的な薄暗さである。

黒光りする木製の床と、素焼きタイルの壁はどことなく未開発国のレストランへまぎれこんだような気分にさせる。テーブルは木製のものが五個あるだけの、小さな店である。

食堂へ入ると奥から、顔を覚えたウエイターが出てくる。客が席につくのを見守ってから、必ず彼はこう言う。

「いらっしゃいませ」

福永信行はウエイターにほほ笑みかけ、小さく頭を下げた。そのウエイターは、ひょっとしたら頭のネジがどれか一本欠けているんじゃないだろうか、と邪推してしまうほど、純粋な笑顔をいつも絶やさないのだった。

「特別料理でよろしいですね」

ウエイターはそう言い、信行はうなずいた。

その時間、彼以外に客はいなかった。

ウエイターがひっこむと、入れ替るようにコックが姿を見せて客に頭を下げる。これもいつものことだった。客が誰であるのかを見て、その人物に合わせた料理を作る、ということであるらしい。

コックは白衣を着て、白い帽子をかぶっている。その上、頭髪も、鼻の下にたくわえたひげも、見事に真っ白である。鼻の頭がやや赤らんでいるのが、かえって調和がとれて見えた。

いつも同じなのだが、コックは客に一礼すると厨房のあるらしい奥へまたひっこむ。一言も口をきかないのだが、何か素晴しい料理が食べられそうだと客の期待をかきたてる独特のムードを持ったコックであった。

「時代食堂」では客を長く待たせるということがなかった。今日の特別料理は何だろうと胸をときめかせて待つことほんの二、三分で、ウエイターはそれを盆に乗せて運んでくるのである。

信行のための特別料理を、笑顔を絶やさないウエイターが運んできて、テーブルの上に置いた。

「どうぞ、めしあがって下さい」

信行は白い皿に乗ったその日の料理を見た。

今日のは、料理とは言えないな、と彼は思った。皿の上に無造作に乗っていたのは、小ぶりの青い蜜柑だったのである。

軽く一礼するとウエイターはひっこんだ。福永信行はその蜜柑を息をひそめるようにして見つめた。

艶のある肌をした、形のいい蜜柑だった。へたの部分が一番緑が濃く、まるくふくらんだ胴のあたりになるとそれがやや浅くなる。尻のあたりではほんの僅《わず》か、黄色も感じられた。

早生《わせ》蜜柑だが、と思いつつ、彼にはまだそれが自分をどこへつれていってくれるのか想像がつかなかった。彼はその蜜柑を取りあげた。掌にピタリとなじみ、心もちひんやりとしたその肌の感触は心地よかった。

それが彼の習慣だったので、尻の方から皮をむこうと、その浅黄色の小さなくぼみに爪をたてた。

目に見えない微細な香りの飛沫が散って、信行の鼻に秋の匂いを届けた。それは何年も前の、まだ折り目正しい秋の匂いだった。

蜜柑の皮は薄く、それでいてきれいにむけた。黄色い果汁を半ば透かせた袋は大きさも揃って水気たっぷりという印象に並び、白い繊維がひかえめに袋にまつわりついていた。ていねいにその繊維を取ってから、信行はその一袋をつまみ、口の中に入れた。

口の中に、甘酸っぱい果汁が広がった。甘いだけでも、酸っぱいだけでもない、柑橘類に特有の、神経組織の末端をくすぐるようなあの軽い刺激がピリリと全身にしみわたって、彼は思わず眉間に皺を寄せた。

その蜜柑は、ここ何年というもの、すっかり忘れていたような野生の味をしていた。

ふいに、活気にあふれた行進曲が、性能の悪いラッパ型のスピーカーから流れてきて彼の耳に届いた。

信行はうきうきしていた。彼は蜜柑を持っていない左の手に、しっかりと新品の鉛筆を握りしめていた。

校庭のトラックをぐるりと囲んで設けられた観客席の一角に、彼と彼の弟と、着物を着た母親とがいた。いつもは渡り廊下にあるすのこが校庭に並べられ、そこにむしろを敷いてすわり込んでいるのだ。

むしろの上に、新聞紙が広げられ、いなりずしを包んだ竹の皮が広げられていた。アルミの水筒にはぬるくなったお茶があり、竹の皮の横には青い蜜柑がまだあと三つもある。

周囲には同じような母と子が、何組もすわりこんでいた。どの顔も、幸せそうに笑っている。

信行が握りしめている鉛筆は、徒競走で二等になって賞品にもらったものだった。

「でも、最後によく一人抜いたねえ」

母がほめてくれるようにそう言った。

「その前にも一度抜けそうだったんだ。でも曲る時ちょっと大まわりしちゃってさ」

小学二年生の信行は興奮を抑えきれない口調でそう言った。

だが彼の興奮は、徒競走で二等になったことだけが原因ではなかった。学校の校庭で、母と一緒にお弁当を食べる、というそのことだけでもう、じっとしていられないほど楽しいのである。運動会で一番いいところは、そのことだと彼は思っていた。

信行の弟は中にごはんがぱんぱんにつめられて丸々と太ったいなりずしを食べている。口の横にごはんつぶがついていたのを、母が指でとって自分の口へ持っていった。

「あそこでうまく曲ってりゃ、最後にはもう一人抜いて一等になれたんだけどな」

「二等でも立派なもんだよ。一年の時は四等だったんだから」

信行は力強くうなずいて、蜜柑の袋を口の中に入れた。口の中に秋が広がった。

万国旗が風になびいていた。スピーカーから流れていた曲が終ったが、すぐまた、ほとんど区別のつかない同じような行進曲が始まった。

体操服を着た先生が、消えかかったトラックの線を石灰の粉で引き直している。石灰の線を引く小さな車輪のついた箱のようなものを、一度でいいから押してみたいな、というのは信行の夢のひとつだった。

音楽が突然とだえ、よく知ってる森先生の声が流れた。

「備品係の馬場先生。本部テントまで来て下さい」

そしてまた、行進曲は再開された。

信行の弟が尊敬のまなざしで兄を見て言った。

「二等になると鉛筆もらえるもん。ぼくも来年一年生になったら二等になる」

「バカ。一等だったら帳面もらえるんだぞ。二十円はするやつ」

「ぼく帳面より鉛筆の方がいいもん」

「へえ。だからわざと二等になるのか。そんな都合のいいふうにいくかよ」

「いくもん」

「何でもいいから三等までに入ればいいんだよ。そうすりゃ何かもらえるんだ」

「ぼく、二等がいいもん」

弟は、信行の成績を高く評価している、と本当はそのことが言いたかったのだ。だが信行にはそれがよくわからなかった。

「何でもいいんだよ。一生懸命走ったんだから」

着物の母はそう言った。信行は母の着物姿が好きだった。それを着ていると、いつもより母が立派に見えるからだ。

蜜柑は声援で渇いた喉を快く潤した。信行はその最後の袋を口の方へ持っていった。

「来年の運動会も母ちゃん来るよねえ」

「バカだねえ。今、その運動会の最中なのにもう来年のこと考えてるの」

「うん。運動会好きだもん」

校庭で、母と一緒に弁当が食べられるからだ。それから、蜜柑も。

「来年はぼくも走るもん」

弟がそう言った。信行は蜜柑の袋を口の中に入れた。

スピーカーから流れる行進曲。

乾いた風の匂い。

抜けるように青い空。

福永信行は蜜柑の袋を口から出し、それをむき広げた皮の中へ捨てた。

白い皿の上に、残骸となった青い蜜柑が乗っている。そこは、「時代食堂」の中だった。

ふと気がつくと、テーブルの近くにあの微笑を絶やさぬウエイターが立っていた。

「いかがでしたか。今日の特別料理は」

ウエイターはそう尋ねた。

「うん」

彼は夢から覚めたような顔をし、それから力強く言った。

「素晴しかったよ。満足した」

ウエイターは嬉しそうに笑った。

2

休日の昼になると、ちょっと出てくる、と言って「時代食堂」へ行ってしまうのが福永信行の習慣になりつつあった。どこへ行って何をしてくる、ということを説明する気にはならなかった。それは、妻に話しても仕方がない最も個人的な楽しみに思えたのである。

ましてや、妻や子供と一緒にその食堂へ行こうとは夢にも思わなかった。同じ特別料理を食べたとしても、決して彼と妻とが同じ体験をすることはないだろう。それはむしろ二人を遠く引き離すだけのことに思えた。

誰しも同じ思いなのであろう。その食堂へ来る客はほとんどが一人であった。たまに五個のテーブルのいくつかに先客があるような時もあったが、必ずといっていいほど、椅子にすわって特別料理を食べているのはある程度の年配客で、一人だった。

その日、信行が「時代食堂」へ行っていつもの椅子にすわってみると、隣のテーブルに先客がいた。それ自体は珍しいことではない。

微笑を絶やさぬウエイターが、特別料理でよろしいですね、と、いつも通りに尋ねて消えてから、信行は見るともなく先客の方を見ていた。

ようやく老人と呼ばれるのが似つかわしくなってきた、というほどに見える男の客だった。その男のテーブルには、彼のための特別料理が出されていた。

料理は、あちこち塗りのはげた粗末な重箱に入っていた。そしてその中に、まるで手榴弾ほどに一個一個が大きなおはぎがびっしりつまっているのだった。

頭に白いものが混じったその客は、痩せて、長身だった。そして彼は、その年には似合わず、背筋をぴんと伸ばして堅く腰かけていた。胸を張り、顎を引いて、姿勢正しくそのおはぎを見つめていた。

その客の目には青年のようなういういしい輝きが宿っていた。まるでそのおはぎが至上の宝であるような感動が、その表情からはうかがえた。

その客は姿勢をくずさず、右手だけをのばして重箱からおはぎを取りあげた。小豆は赤茶けて、少し柔らかく煮すぎたように見えたし、何よりも名菓というには大きすぎるようだった。そのおはぎから思い浮かぶのは田舎の年老いた母、というイメージだった。田舎風の母の手造りのおはぎ、というものなら、そんな風にやけに大きいのではないか。

異様に大きなアルミの鍋、というものが想像できる。竈《かまど》でたいたもち米。使い込まれて持つところが黒ずんだ擂粉木《すりこぎ》で米はたたきつぶされる。薄暗い台所に、もち米からたちのぼる湯気が広がる。

ごま塩頭の客はおはぎを口へ持っていき、元気よくかぶりついた。若々しい食欲の感じられる食べっぷりだった。

しかし、姿勢はくずさなかった。そして、彼の食べっぷりには、言葉には表せない感動があるように見えた。

まるで、これが生涯で最後に食べる甘い物であるような、そんな慎重さがうかがえるのだ。この甘さを、永久に記憶しておこうと心に決め、もち米の粒を味わい、つぶされた小豆を味覚に彫《きざ》み込んでいるようだった。

そうやって隣の客の様子を見ていると、いきなりその人は大あわてでおはぎを重箱へ戻し、椅子からすばやく立ちあがった。突然何かの存在に気がついた、という風であった。

その客は直立不動の姿勢をとり、右手を側頭部のところへ持っていき、敬礼した。その手に餡がついているのに気づき、あわててその手を服でぬぐい、再び敬礼する。しばらくそのままの姿勢でいたが、やがて彼は手を下げた。あたかも目の前から誰かが去っていくかのように空を見つめ、背筋をのばし、両手をズボンの脇の縫い目につけたままペコリと礼をした。

緊張の時は過ぎ、彼は再び椅子に腰かけた。そして重箱からおはぎを取ると、またしてもそれを熱心に食べ始めた。

白衣のコックが出てきて信行に一礼した。そして信行が隣の客を気にしている様子を見てとると、意味ありげな微笑をその顔に浮かべた。

わかりますか、とでも言いたげな表情であった。

信行には正確にわかっていたわけではない。その客とは世代が違い、生きてきた時代背景が異なっているのだ。

だが、おおよその想像はついた。軍隊に入隊する日とか、家族が来ていい慰問の日とか、そういうことですね、と思った。だがその言葉を口にはしなかった。

コックは優しい笑みを浮かべたまま奥の厨房へ消えた。

やがて、信行のための特別料理を持ってウエイターが現れた。その料理は、安っぽいアルミの皿に乗っていた。

横に長い楕円形の皿で、周囲がわずかにそり返っているだけの浅いものである。それにこれもプレス機でうち抜いただけというような、安っぽいフォークがついてきた。

皿に乗っているのは、一応、スパゲティという名で呼ぶしかあるまい、というものだった。

明らかにゆですぎ、と思われるスパゲティはうどんに近いほど太くふくらみ、皿の上でからみあっていた。ケチャップをからめてあるので毒々しいまでに赤い。玉葱の刻んだのと、細切りピーマンが一緒に炒めてあり、それらを盛った上に皮の赤いウィンナー・ソーセージを斜めに二つに切ったものが飾りに乗っていた。

確かに、これがスパゲティというものだった時代がある、と信行は思った。ナポリタンとか、イタリアンと言った覚えがある。

フォークを取って彼はそののびきったスパゲティをからめた。油とケチャップの混じったものが、銀色の皿にべっとりとこびりつく。

それを口に入れたとたん、店の中に流れるBGMが耳に達した。ボリュームはしぼってあったが、その曲は「ブルー・シャトウ」だった。

「まずくないでしょう」

浅田芳江が子供に話しかけるような口調で言った。

「うん」

信行は生返事をした。確かにその食べ物の味は悪くなかったのだが、ケチャップが口の端につきそうで、どうにも始末が悪かった。

「あ、違うのよ。フォークでこうやってくるくる巻いて食べるの」

大きなプリント柄のワンピースを着た芳江は誇らしげにそう教えた。

「こうか。うまくいかんな。おれ、こんなの食べるの初めてだから」

「イタリア料理よ。イタリア人は毎日これを食べてるんだって」

「きみ、よくこれを食べてるの」

浅田芳江をきみと呼んだのはその時が初めてだった。信行は相手の顔をうかがい見たが、彼女は何とも思っていないようだった。

「そうでもないけど、会社の人とお昼を食べに出た時なんか、ときどき食べるわ」

「ふうん」

会社のことが芳江の口にのぼると、信行はつい口ごもってしまう。どんな生活なのか想像がつかないからだ。のん気な学生とは違うのよ、と決めつけられたような気がする。

どうもうまくいかないな、と大学一年の信行は感じ始めていた。スパゲティなんて、初めて食べるものを注文して調子が狂ってしまったのだ。やっぱりカレーライスにしておけばよかった。

浅田芳江とこんな風に食事を共にするのは初めてのことだった。いわばこれは、彼女との最初のデートである。それにしては、意気があがらなかった。

さっき観た映画のことでも話せばよさそうなものだが、それもどうもうまくないような気がするのである。ゴダールの「気狂いピエロ」を観て、信行としてはかなり強烈な印象を受けたのだが、映画館を出るなり芳江はうんざりしたような口調で、退屈な映画だったね、と言った。だから、映画の話はまずかった。

信行はピーマンをよけてスパゲティをフォークに巻きつけたが、ずるずると、思いがけない端の方のやつまで引きずり込んで、皿に乗った半分ほどが団子のようにからみあってしまったので、持ちあげるのをあきらめた。はしで食いたいな、と彼は思った。

「ねえ。夏に、杉浦くんたちに会った？」

芳江がそう言った。

「ああ、杉浦。会ったよ。安田も一緒だった」

「本当。それ、いつのこと」

彼女の顔に興味の色が広がった。

「ええと、八月の中頃だったかな」

「どんな話したの」

「どんなって、別に大した話はないよ。高校時代のこととか」

杉浦たちと山へキャンプに行ったことがあった、と信行は全く別のことを思い出していた。高校二年の夏だ。

テントの中で夜中までわいわいと騒いでいて、話はワイ談になったり、好きな女優のことになったり、やけに目がさえてとても眠る気になれなかった。安田が持ってきたタバコを、生まれて初めて吸ったのもあの日だった。

話がぐるりと一周して、いつの間にか好きな女のことを白状しようぜ、ということになった。安田と杉浦が誰を好きだと告白したのか、信行は覚えていない。確か安田は一年生の、まだ名前を知らない子が好きなんだと言って、杉浦と二人でさんざんに笑ったような気もする。

とにかく、問いつめられて信行も結局は白状させられた。

「浅田芳江……」

「へえ。浅田とは意外な線だなあ」

「ああいう大人しそうな女は本当は好き者なんだぞ」

そう言ったのは安田だった。冗談とわかっているのに、内心でムカッ、としたのをよく覚えている。

「似合いだよ。ああいう地味なのと、福永は合いそうだ」

杉浦の口調には軽く見るような響きがあった。その時の信行は鋭敏にそれを感じ取ってしまう。

「浅田って、ブスかなあ」

「ブスじゃないよ。よく見ると、割にととのった顔してるじゃないか」

杉浦は機嫌をとるようにそう言った。

「出しゃばるタイプじゃないし、案外いいと思うよ、おれは。ただ、パッと輝くような華やかさはない奴だよな」

「存在感が薄いのな」

そう言ったのは安田だ。結局のところ、信行は存在感の薄い、地味な、輝くようなところのない女が好きなんだということにされてしまった。そしてその相手はお前に似合いだよ、と決めつけられた。

その浅田芳江は、今、信行の目の前で器用にスパゲティをフォークにからめて食べている。地味で華やかさのない女だなんて、とんでもなかった。

白地にプリント柄のワンピースの彼女は、はっとするほど輝いていた。話ぶりにも、確かな自信が感じられる。

半年の会社勤めが彼女に大人を自覚させ、自信をつけさせたのだろうか。信行は自分が上から見下されているような気がした。

もう一度スパゲティのぐるぐる巻きを試みて、彼はべちゃべちゃとした赤い団子状の塊を口に入れた。

3

「東京の話は出なかったの」

芳江は興味深そうな顔をしてそう尋ねた。

「出た出た。二人とも、それぱっかりだよ。新宿のジャズ喫茶の話とか、アングラ芝居を見に行っただとかさ」

「そりゃあ、文化の中心だもんね」

うっとりしたような声だった。

「だけど、格好いいところだけ言ってるんだと思うぜ。あいつらだもんなあ。いろんなところで田舎者だとバレて、恥かいてるんじゃないかと思うよ、本当は」

「そんなことないのよ。東京って、全国から集ってきた若者のエネルギーが新しいものを生み出していく街なんだって。東京本社から来てる課長さんがそう言ってたわ」

芳江は熱っぽくそう弁護した。

いつの間にか店内に流れているBGMは変っていて、「世界は二人のために」になっていた。信行の今の気分からはほど遠い歌だった。

「だけど、杉浦なんて新宿へ行って、そこにごろごろ寝ているフーテンと仲よくなって、一晩いろんなことを語りあかしたって言うんだぜ。どうも作り話だと思うんだがなあ」

「すごいじゃない、それ」

芳江の目が輝いた。

「東京だもん。そういうハプニングが本当にあるんだと思うわ」

流行語を使って彼女は断定した。

信行は、どうしてこんな話をしてるんだろう、と思っていた。ゆうべ床の中で夜遅くまでこのデートのことを考えていた時には、話題がこんな風になるなんて全く予想していなかった。彼が考えていたのはこんな話題だった。

高校二年の時、クラス委員の選挙できみに一票入ったの覚えてるだろ。あれ、おれがいれたんだよ。

もしくは、
三年になるためのクラス替えの時にさ、本当はおれ、理科系へ行ってもいいな、とも思ってたんだ。だけど、きみが文科系だったんでそっちにしたんだよ。

または、
修学旅行の時、列車の中でトランプやってたら安田たちにひやかされたじゃないか。でもあの時、そう悪い気分じゃあなかったんだよ。

しかし、浅田芳江は高校時代などなかったような顔をしていた。とてもそんな話を持ち出せるものではなかった。

信行はフォークでウィンナー・ソーセージの半かけを突き刺して食べた。

「夏にね、私、杉浦くんたちに誘われたのよ」

芳江は秘密をうちあけるような口調でふいにそう言った。

「へえ」

「直接誘われたんじゃないんだけど。池上さん知ってるでしょう、池上典子さん」

「うん。テニス部だった奴だろ」

「そう。彼女からね、杉浦くんたちに一緒に海に行こうって誘われてるんだけど、来ない、って電話かかってきたの」

「うん」

信行はなんとなく口が重くなっている。

「車二台で行くから人数多い方が楽しいんだって言われたんだけど、私、仕事忙しいから行けないって断っちゃった」

「そう」

浅田芳江は信行の顔をちらりと見て、ぽつりと言った。

「本当は、行こうと思えば行けたんだけど」

「どうして行かなかったの」

「だって、なんとなく気おくれしちゃったのよ。相手は、東京の女子大生なんかと、喫茶店でジャズの話とかをいつもしてるわけでしょう。アングラ芝居だって見てるし」

「そんなこと関係ないだろ」

「そうじゃないと思うわ。やっぱり地方にくすぶってる人間は、あか抜けないなあとか絶対に思われると思うの」

おれには、そういう気持を正直に打ちあけられるってわけか、と信行は思った。それは少しも楽しい気分ではなかった。それどころか、食べているスパゲティの味がさっぱりわからなくなった。

私立へやる余裕はないからね。親もとを離れて下宿生活するなんて、うちでは面倒みてやれないよ。

そう親に言われて、特別に不満に思ったことはなかった。確かにその通りだろうと思い、地元の公立大学一本に狙いをしぼって、そこに合格した。東京の大学じゃないから格好悪いなんて、考えもしなかった。

ところが、夏休みに杉浦や安田に会って話しているうちに、彼らが妙に以前とは変ったような印象を抱いた。二言目には、東京では、新宿では、を連発する彼らに、ついていけないな、という感想を持った。

寂しくもあり、胸の中に奇妙な焦燥も生じるという、複雑な気分だった。

そうか、と信行は思いあたった。

おれが、これまで幾度となく頭の中だけで思い描いて実行できなかったこと、すなわち、浅田芳江を呼び出してデートする、ということに今度いきなり踏み切れたのは、そのせいなのかもしれない。

頭の中のどこかに、地方にくすぶっている者同士なら話もあって、うまくいくだろうという考えがあったのではないだろうか。

そして、現に芳江は東京組に対して感じた気おくれのことを、信行にはうちあけた。

しかし、これじゃあ仕方がない、と信行は思った。

こんな風に意見が合うことを望んでいたんじゃあないんだ。それに、芳江の言っていることと、信行が杉浦たちに感じたことは、似ているようで微妙にずれていた。

歯車がかみあっていない、と彼は思った。

「それに、杉浦くんから直接誘われたわけじゃないんだもん。私が行ったら、どうしてこんなのが来たんだ、って顔されるかもしれないでしょう」

「そんなことはないだろうけど」

そう言いながら彼は、こんなデートしなければよかったと考えていた。これが、三年近く夢に見続けていたことだったのか、と思った。

信行は皿にへばりついていたスパゲティの最後の一本を、フォークに巻きつかせず、すくいあげて口にほうり込んだ。

「世界は二人のために」の曲が消えた。福永信行は、ゆっくりとフォークをアルミの皿の上に置いた。

そこは、薄暗い「時代食堂」の中であった。

ふと気がつくと、抜けるような微笑を常に顔に浮かべたウエイターがテーブルのむこうに立っていた。

「いかがでしたか。今日の特別料理は」

信行は一瞬、答えに窮した。今味わったばかりの気分を、ゆっくりと頭の中で反芻してみる。

やがて、今では妻も子もあり、東京に生活して中年の域に達している福永信行は、満足そうな笑みをその顔に浮かべて言った。

「懐しかったよ。ちょっとほろ苦くて、何もかもがどろどろと混じって整理がついていないような不思議な重さがあるんだが……、うん、でも懐しかった」

ウエイターは嬉しそうな顔をした。

4

その次に「時代食堂」へ行った時、ちょっとした事件があった。信行がいつもの席についてみると、隣のテーブルに先客がいた。それは、この店には場違いな感じの、恰幅《かっぷく》のいい紳士だった。

着ている背広の生地といい仕立てといい、半端なものではない。見る人が見れば一目で相当に高級なものとわかる英国風のスーツであった。そのほか、靴やベルトからも、着るものに金がかかっていることがうかがわれる。

そこそこの会社の社長か、重役か、という風情であった。このさびれた食堂に姿を現すこと自体、奇異な感じの人物である。

その客は、その日の特別料理を両手で握りしめていた。

彼が両手で握っているのは、子供のスリッパほどの大きさのコッペパンだった。

社会的地位を得た人間の身に自然にそなわる貫禄と余裕。自信に満ちた態度と、無意識に出てしまう優越感。そんなものをその客は漂わせていた。個人的につきあえば信行など、思わずたじたじと圧倒されてしまうであろう。

その人物が、どう見てもあまりうまそうとは思えない、粗末なコッペパンをしっかりと握って熱い視線をじっと注いでいた。

その客はコッペパンを口へ持っていき、夢中でかぶりついた。ほかの一切のことを忘れて、パンをかみしめることだけに全神経を集中しているというような様子だった。

むしゃむしゃとむさぼり喰う、という表現がぴったりの食べっぷりだった。よほど腹が減っていたに違いない、という印象であった。

その食べっぷりに引き込まれるように、信行は風格ある客の方をじっと見ていた。

パンがあと一口で終りという時、客はやっとひと息ついて残ったひとかけらを見つめた。そこまでは無我夢中だった、とでもいうように。そこでやっとほかのことを考えるゆとりを取り戻したかのように。

客の顔に、何とも言われない悲しそうな表情が現れた。彼がそれまで漂わせていた優越感も、余裕も、すべて消えうせてしまっていた。

今にも泣きだしそうな顔で、その客は残ったパンのかけらを見つめていた。そして、それをぽいと口の中にほうり込んだ。

しかし、さっきまでとは食べ方が違っていた。にわかにそのパンが砂でできているものになってしまったかのように、紳士はまずそうにかんでいた。

いきなり、恰幅のいいその紳士の両眼から、涙がこぼれ落ちたのを見て信行ははっとした。そんな人物が涙を流すことがあろうとは、想像もできないことだった。

その客はテーブルの上に両手をついて、ガクリと首をたれた。テーブルの上にぽたぽたと涙が落ちている。その人の肩は小きざみに震えていた。

どうかしたのですか、と声をかける状況であったかもしれない。だがそれよりも、あまりに意外な進行のため黙って見ていることしかできなかった。

堪《こら》えに堪えた感情がとうとう抑えきれなくなって爆発した、という感じに、その人はいきなり、低く押しつぶされたような嗚咽をもらし始めた。初めそれは動物の呻《うめ》き声のようであった。

両手をテーブルについたまま、肩を揺すってその人は呻き続けた。やがてその呻き声は、あたりをはばからぬ号泣に変っていった。大人がそんな風に泣き声をあげることがあるとは信じられないほどのものであった。

異様な泣き声は「時代食堂」の中に響きわたり、何事かとウエイターが姿を現した。

「お客様、どうしたのですか」

抱き起こすようにしてウエイターはそう言ったが、客はおうおうと泣き声をあげ続けるばかりだった。

白衣を着たコックも出てきた。店の二人で紳士をかかえるようにして、両側から声をかけるのだった。

「泣くことはありません。もう終ったことです。全部すんだのです」

温かみの感じられる落ちついた声でコックはそう言った。

「おれは……」

紳士は呻くように言った。

「おれは人でなしだ。おれは鬼のような人間なんだ」

「いいんです。いいんです」

紳士の背中に手をあてて、コックはそう言った。

「おれは人間のくずだ。軽蔑してくれ。おれは生きていく値打ちのない人間だ」

「そんなことはありません。誰だってそうなのです」

コックの言葉はすべてを承知しているように、慈愛に満ちていた。

「おれは病気で寝ている妹のパンを奪って喰ってしまったんだ。ろくにものを喰ってなくて、妹だってふらふらになるくらい腹をすかしていたというのに。その妹の手からパンを取りあげ、それを喰ってしまった鬼のような人間なのだ」

紳士はそう言うとひときわ大きな泣き声をあげるのだった。

「いいのです。すんだことです」

コックは同じ言葉をくり返した。

紳士はしゃくりあげながら、なおも言葉を続けた。

「そのために妹は……、そのために病気だった妹は……」

コックは客の背中を優しくさすって言った。

「それでいいのです。そういうことがあってあなたはこうして生きているのです。誰だってそのようにして生きているのです」

紳士は全身から力を抜いて椅子にへたりこんでしまった。彼の号泣はまだ続いていた。

善人そうなウエイターはおろおろしたような顔をして、紳士の肩に手をかけていた。

コックはゆっくりと何度もうなずきながら、紳士を見つめていた。すべてを承知して、すべてを赦すというような態度だった。

それからコックは、体の向きを変えて信行の方を見た。小さく頭を下げて、すまなさそうに彼は言った。

「申しわけありませんが、こういう事情ですので今日のところは……」

信行は椅子から立ちあがって素直に言った。

「はい」

「どうも申しわけありません」

「いや、いいんです。また来ます」

そう言うと信行はその日は何も食べず、「時代食堂」を出たのであった。

5

そのことがあって以来、福永信行は不思議に思うようになった。「時代食堂」の料理についての不思議ではない。それは、信行にはどうでもよいことのように思えるのだった。

彼が疑問に思ったのは、どうしてあの食堂があるのか、ということだった。何のためにあんな食堂があり、ああいう特別料理を客に出すのだろうか。そのことにはどん

た。

特別料理を食べて号泣した紳士を見て以来、彼の頭からはその疑問が消えなくなった。

そのことには何か深い意味があるのかもしれないと彼は思った。そしてその意味を知りたいと思った。

数日後、信行はまたそのうらぶれた食堂へ足を運んだ。それはもう彼にとってほとんど習慣化した行動であった。彼は「時代食堂」の特別料理の味に蠱惑されたようになっていた。

その日、いつも通り愛相のいいウエイターに迎えられていつもと同じ席につくと、隣にはまたしても先客がいた。これまで一度もそこで会ったことのない人物であった。

その人を見た時、信行は、知っている人だ、とまず感じた。よく顔を見かける、身近な人物のように思えたのである。

そのくせ、それが誰であるのか具体的には思い出せなかった。ごく親しい人のような気はするものの、名前や、その人の仕事を急に思い出すことはできなかった。

その客のための料理が出て、その人がおもむろにはしを取りあげた時、彼はその人が誰であるのかようやく思い出した。

実際に会ったことのある人物ではなかったのである。その人のことは、写真で顔を見たり、テレビで観たりして知っていたのだ。

それは、最近、料理研究家として有名な人物であった。料理食べ歩きの本を何冊も出し、テレビのグルメ番組に出てむつかしい顔で解説をし、有名レストランへ行っては私の舌を満足させてくれる料理はひとつもなかったなどと断定している、そういう人物であった。

世の中の誰もかれもが、料理について一家言を持ち、うまいものを食べさせる店を紹介さえしていればテレビ番組ができるという、そういう現代の風潮を代表しているような人間であった。

信行は一瞬、とうとうこの人がこの食堂のことを耳にし、その舌で実態を探りに来たのだろうかと思った。一部の人々の間でこの「時代食堂」のことは知れわたっていて、その噂がこのグルメの耳に達したのであろうかと。

そして彼はどこかの雑誌にこんな風に書くのだ。

照明が薄暗く、テーブルの上を正しく照らしていないのには失望した。視覚に訴える料理の色や姿が、味を大きく左右するものであることに気づいていない料理人は私に言わせれば一格落ちるからである。ただし、ウエイターが必要以上に近寄ってこないところと、コックが客の顔を見るために姿を現したことについては、なかなかやるぞ、と私は思った。食べる人間がいて初めてひとつの料理が完結するのだ、という点から言えば、一体どんな客が食べるのかということを知っておくのは一流の料理人の当然の心遣いだからである。

とかなんとか。

しかし、それにしては妙なものを食べようとしているな、と信行は思った。

その有名人の前に置かれた料理は、たった一品だけ。それもふちの欠けたような丼に入った汁っぽいどろどろしたものだったのである。

汁の中には何かわからないがきざんだ青い紐のようなものが浮かんでいた。どう見てもうまそうなものではない。

料理評論家は、その丼を左手で持ちあげ、首を前へ突き出して口をその器へ寄せていき、中の汁をずるずるとすすった。そしてその時、彼の顔にはえも言われぬ幸福そうな表情が浮かんだのである。

雑炊、なのだろうか、と信行は思った。

それにしては、水気ばかりで米がほとんど入っていないように見える。それに、あのきざんだ紐のようなものは何だろう。

昭和二十三年生まれの福永信行は知らなかったが、実はそのきざんだ紐のようなものは芋の蔓だった。芋ではない。通常人間が食べるところではない芋の蔓を、水っぽすぎるその雑炊の量ふやしにしているのだった。

その粗末な雑炊を、その客はガツガツと夢中で食べるのだった。彼の顔は至福の輝きをはなっていた。

いつもは、「うさぎの背肉蒸焼・サンテュベール風は傑作であった。背骨についている肉がよかったことはいうまでもないが、うさぎの血が使われたソースが絶妙で、これには舌を巻いた」とか「ほろほろ鳥のローストは、ほろほろ鳥そのものには文句がないのだが、ソースにやや力がないのが残念だった」などと書いているその人物が、芋の蔓の入った雑炊を夢中でむさぼり喰っているのである。

何かが喉をくすぐって食道へおりていくという、そのことだけで無上の快楽だという世界がそこにはあった。量あるものが腹にたまっていく、それこそが歓びであった。

料理評論家は丼を傾けてその中に顔を突っ込みそうにして、はしをカチャカチャ鳴らせてガツガツと食べ続けていた。

信行は隣のテーブルから目をそらせた。何か非常に安心できる光景を見たように彼は感じていた。

その時、信行の顔を見るために奥からコックが姿を現した。姿を認めてニコリと笑うと、静かに一礼した。

これまで福永信行はそのコックとほとんど言葉を交したことがなかった。先日の、社長風の紳士が泣きだした事件の時に初めてコックの声を聞き、ほんの一言二言話したことがあるだけである。

信行はほとんど無意識のうちに右手をその人物の方にさしのべていた。

「あの……」

コックの顔にものを問うような表情が現れた。

「何か」

「あの。お忙しいですか。ちょっとお話したいんですが」

白衣を着て、白い帽子をかぶり、髪もひげも真っ白なコックは一歩テーブルの方へ近寄った。鼻の頭が人柄のよさをしのばせるようにほの赤い。

「この間は、どうも失礼しました」

コックはそう言った。

「いえ、それはいいんです。それよりも、もし邪魔でなければ、少しお話を」

「何でしょうか」

コックは落ちついた声でそう言った。その人の目は優しそうな輝きをはなっていた。

どうしてこんなことをしているのだろう、という疑問を心の片隅にわかせながら、それでも信行は言いかけたことをもう中断するわけにはいかないと思った。

「教えてもらいたいことがあるんです」

コックは微笑を浮かべたまま小さくうなずいた。

6

料理評論家が、金を払って「時代食堂」から出ていった。その人の顔には、重い飾りを脱ぎ捨てたような素直な喜びの色が出ているように見えた。

「教えてもらいたいのはこの食堂のことですよ」

信行はそう言った。

「いえ、特別料理の秘密が知りたいとか言うんじゃありません。ぼくが知りたいのは、もっと別のことです」

「ほう」

　とコックは興味深そうな顔をして言った。

「あの特別料理はどうしてああなのか、ということや、それを作るあなたは一体誰なのかということは、むしろ知りたくないような気がするんです。そんなことを知らなくても、現にぼくがここであんなあいう体験をしたという、そのことだけでいいんです」

「では、何を知りたいのですか」

「それは、どうしてこの食堂があるのかということです。どういう考えで、この店をやっているんですか」

　コックは満足そうな表情を顔に浮かべてしきりにうなずいた。

「なぜこの店があるのかを知りたいというのですか。ここの特別料理の秘密ではなく」

「それはもうわかっていることです。もちろん、その作り方はわかりませんが」

「私が何者かということも知ろうとは思わないのですね」

「それも、一番重大なことではないという気がします」

「なるほど」

コックは目を細めて信行を見た。

「どういう考えで、こういう食堂をやっているのか、ですか」

そう言うとコックは、首をひねってしばし考え込んだ。信行は口をはさまずじっと次の言葉を待った。

ぽつりと、コックは言った。

「思い出してもらいたいんですよ」

信行は考え込む表情になった。

「それだけです。ほかに大した理由はないんですよ」

「思い出す、のですか」

信行は沈んだ声で鸚鵡返しに言った。

「忘れてしまった昔の人生を思い出せ、ということですか」

「いや、私が思い出してほしいのは食べ物のことです。食べ物とは、食べるとは、どういうことだったのかを、思い出してほしいという気がしましてね」

コックの口調はあくまでも優しいものだった。

「食べ物とは、なんだったのか……」

「そうです。いや別に、むつかしいことを言っているわけではありません。当たり前のことを言っているだけなんです。つまり、人間は、いや、人間だけでなくすべての動物が同じなのですが、生きるために食べるのだ、ということです」

信行はもの問いたげな顔をした。彼には相手の言うことがよく理解できなかった。

「生きるために食べる……」

「そうです。単純な、当たり前のことでしょう。そんな当然のことを、思い出してもらいたくてこんな食堂をやっているわけなのです。確かにほんのちょっと前まで、生きるために食べていた時代があったということを、忘れてしまわないでほしいと思ったのです」

「ああ……」

信行はこくん、とうなずいた。彼には彼の世代なりの、そのことに対する思いがあることに気がついたのだ。

自分の子供たちのものを食べることへの態度、というものを彼は思い出した。そして、時々自分がそれを苦々しい気分で見ていることがあるのを思い出した。

「この頃の人間は、その一番当たり前のことを忘れてしまっているのではないか、と言いたいわけですね。腹が減ればいつでも食べ物がふんだんに目の前にある。そしてそれを、うまいだのまずいだのと言って食べ散らかし、本当の味というものを忘れてまっているのではないかと」

信行の言葉には勢いがついてきた。

「高級料理の味だとか、珍しい民族料理の味だとか、本当の食べるということの意味からどんどん人間は離れていってしまっていると言いたいんでしょう。子供だってそうです。味覚の幼稚な者が、これはうまいだの、あれは食べたくないだのと、好き勝手を言いすぎている。そんなことに世の中全体が振りまわされすぎている、というわけです」

一気にそう言った信行の顔を、コックは微笑して見ていた。

「いろいろと腹立たしく思っていらっしゃることがあるようですね」

その落ちついた口調で、信行は興奮をさまされた。

「ええ。まあ」

コックは静かに言った。

「でも、私は別に、何かを批判しようとか、警告しようとか思っているわけではないんです。どんどん新しい、より高級な味を求めたいというのならそれはそれでいいではないかと思っているんです。ただ、私は時には思い出してほしいなと思っているだけです」

「生きるために食べるのだということを、ですね」

「そうです。そんな時代があったということをです。ですから、先日の客に出した特別料理は私の失敗でした」

「あの、風格ある紳士のことですか」

「そうです。あの人に人生の中で一番重い傷のことを思い出させてしまったのは私の間違いでした。そんなむごいことをするつもりはなかったのです。あの人には気の毒なことをしたと思っています」

信行はコックの顔をじっと見つめた。しかし、その顔からは無限の善意、というようなものしか感じ取れなかった。

「ぼくは、あの事件があってから考えるようになったんですよ。あれはあの人に、今の自分がどうしてあるのか、ということを反省させるための料理ではなかったんだろうかと。そして、『時代食堂』がどうしてあるのかということを考えたんです。つまりそれは、ぼくたちに何か大切なことを教えようとしているのではないかと思ったわけです」

コックは恥じたような顔で首を横に振った。

「そんなつもりはないんです。あの時は、私の間違いだったのです」

「そうですか」

「私がこの食堂をやっている理由は、さっき言ったことがすべてでそれ以上のものはありません。食べるとは、何だったのかを思い出してほしいだけなんです。もうおわかりでしょう。食べるということは、〈生きる歓び〉なのですよ。それを思い出してほしいというわけです」

そう言うとコックは、ニコリと笑った。

信行は黙って考えていた。わかるような気もするし、本当のところがわかっているのかどうか半分は自信がなかった。

「それでは、今日の特別料理を楽しんでもらいましょう」

コックはそう言って、小さく一礼すると奥の厨房の方へと歩いていった。

信行はその人の頭の上に、ぼうっと光る丸い輪のようなものが浮かんでいるのを見たような気がした。

しかし、薄暗い店内のことでもあり、それは単なる錯覚かもしれなかった。そして彼は、どちらでもいいことだ、と思った。

彼は一人テーブルに取り残され、夢の中にいるような顔をしていた。なぜという理由もなく、薄暗い「時代食堂」の中を見まわす。

白熱電球が古めかしいかさの中で鈍く光っている。木製の床は油がしみ込んだように黒光りし、素焼きタイルをはった壁はどことなく人の心を和ませる。

粗末だがどっしりとしたテーブルはなぜか彼に、父親、という言葉を連想させた。

それほど待たされずに、いつものウエイターが盆を持って現れた。決して笑顔を絶やすことのないそのウエイターは、信行の方を見てひときわ抜けるような微笑をした。

「今日の特別料理です」

そう言ってウエイターは盆をテーブルの上に置いた。

「どうぞ、めしあがって下さい」

テーブルの上に置かれたものを見た瞬間、信行の顔にぱっとういういしい喜びの色が広がった。

それは、奇妙な形のものであった。

見たところ、化学の実験に使う試験管が三本、寝かせてころがっているような具合である。そしてその試験管には、それぞれ別の色の何か透明なものがつまっていた。

一本は赤、一本は緑、もう一本は黄色。どれも、ギクリとするほど鮮かな原色であった。

よく見ればそれが試験管でないことは明白だった。もっとずっと質の悪いガラスでできているのである。この頃はあまり見かけなくなった、牛乳瓶とか、透明のビー玉を思い出させるようなガラス管であった。そしてそのガラス管には、両端に穴があいていた。

管の中につめられているものは、原色をつけられた液体のように見えるのだった。だが信行は、それが液体でないことを知っていた。色水のように見えるそれは、管の一端に口をつけて吸い出し、口の中に入れるとぷちゅぷちゅと歯の間で砕けていくゼリーのようなものなのである。

ゼリー、というほど高級なものではない。実際のところそれは、甘味をつけた水っぽい寒天、と呼ぶべきであろう。

ずいぶん小さな時、駄菓子屋にあった食べ物だ、と彼は思った。確か、くじのついているようなのもあったのではないか。寒天の中に紙のくじが刺さっていて、当たりが出るともう一本もらえたりした。

夏の日の、子供たちの好きな菓子のひとつだった。実際には少しも冷たくなどないのだが、寒天のつるりとした舌ざわりが、麦わら帽子の子供たちに涼を感じさせたのだ。

福永信行は思わず表情をゆるめていた。それを見ただけで彼の顔には、あどけない喜びの色がいっぱいに広がっていた。

靄《もや》の中の終章

腹がへって目がまわりそうである。起きてからもうかなりの時間がたつというのに、まだ朝食を食べていないのだ。実際には、起きる前に一時間以上、床の中で目を覚ましていたのだから、相当な時間空腹にさいなまれていることになる。

初めのうちは怒りをおさえていた。そのうち用意してくれるだろう。少しの辛抱だ。朝っぱらから不機嫌な顔をするのはやめよう。そうすれば嫌われるだけのことだ。

だが、奥の部屋から掃除機を使う音が聞こえてきた時、思わずカッと怒りがこみあげてきて、目の前が一瞬白くなった。

加津子さんは私に食事をさせない気らしい。その用意をしてくれる気配はなく、のんびりと掃除を始めたのだ。私に食べさせるのを、忘れているのか、忘れたふりをしているかである。

もちろん、私にはわかっている。加津子さんは忘れたふりをしているのだ。あの女にはそういう底意地の悪いところがある。役立たずの老人のために食事を用意するのは面倒でたまらない、という気持をこういう形で訴えているわけだ。

やかましい掃除機の音を聞いているうち、私の怒りは頂点に達した。

確かに私は穀つぶしの厄介者かも知れない。だが、こんな仕打ちを受けるいわれは全くないのだ。これだけの家に住んでいられるのは誰のおかげだと思っているのだ。これは私が一生かけてやっと建てた家である。ここに住んでいる以上は私を邪魔者扱いはさせんぞ。

掃除機をかかえて私のいる縁側に続く座敷にやってきた加津子さんに私は怒りをおさえた声で話しかけた。

「加津子さん」

「はい」

何の話だろう、と不審に思うような調子で答えた。わかっているくせに、芝居をしているのだ。

「一体、いつになったら私に朝ごはんを食べさせてくれるんだね。もう腹がへって我慢できんよ」

加津子さんは大袈裟に驚きの表情を作った。芝居は沢山だ。私の怒りは更に高まる。

しかし、加津子さんが言ったことは私の予想を大きく外れたことだった。

「でも、さっき食べたばかりじゃないですか」

子供に理を諭《さと》すような口調だった。

「な……、何だと」

「めんたいこの残りで、茶碗に六杯も食べたでしょう。忘れちゃったんですか」

ヒヤリと、胸の中を冷たいものが走った。

「めんたいこ……か」

「まだ食べてから三十分もたっていませんよ。それなのに忘れちゃうなんて」

私はカッと顔が赤らむのを覚えた。加津子さんの口調にはあからさまな軽蔑がこもっていた。この私が、他人に嘲笑されているのだ。

「いやいやいや、ば、馬鹿なことを言うんじゃない。忘れてはおらんよ。朝ごはんは確かに食べた。よ、よくわかっている」

私は思い出していた。確かに私は、めんたいこを食べたのだ。どういうわけか、それをど忘れしていた。だが、ここで弱味を見せることは私の自尊心が許さない。

「でも、おじいちゃんは今……」

「違う違う違う、そうじゃない」

私は思わず大声を出した。

「昼、昼ごはんのことだ。昼ごはんというのを言い違えたのだ。今日はちょっと昼ごはんを早くしてくれと言いたかったんだ」

加津子さんはあきれたような顔をして私を見た。私の声があまりに大きかったので驚いたのかも知れないが、軽蔑しているのだと受け止められぬでもない。

「だって……、まだ九時前ですよ」

「そのくらいのことはわかっておる。いつもより早めにしてくれと言っておるんだ」

「はい」

「も、もうよろしい。掃除を続けなさい」

私の見幕に圧倒されたかのように、加津子さんは黙り、後ずさって掃除機のところへ行った。その間も私を見つめている視線を感じる。私は悠然とすわって庭を見つめた。だが、内心は冷や汗ものである。

みっともないことをしてしまった、というのが私の唯一の思考だった。私は自分が朝食を食べたのを、ころりと忘れてしまったのだ。それだけならまだしも、加津子さんに早く朝食を食べさせろと要求してしまった。とんだ恥さらしである。そんなことも忘れてしまう程老いぼれたのか、と思われるのは目に見えていた。

体中が恥辱でカッと熱くほてっていた。

私はまだ、老いぼれてなどいない。ボケて馬鹿になってしまった老人などではない。

確かに朝食のことを忘れたのは醜態だったが、それはよくある錯覚というやつで、ボケとは違うのだ。私の頭脳は何の狂いもなく正常に活動している。それは私自身が最もよく承知しているところだ。

だが、こんな失敗をしてしまった後では、私が何と言おうが他人は信用しないであろう。とうとうボケ始めたのだと、加津子さんが思っていることは明白であった。

老人になれば色気がなくなる、というのは嘘である。少なくとも私には、体面を重視する気概がある。それは、私がまだ老人ではないせいかも知れない。恥を恥と思う気持は強いものであった。それだけに、自分のした失敗はやりきれなかった。私の自尊心は大きく傷つけられたのだ。

やがて加津子さんは座敷の掃除を終え、台所の方へ行った。私はほっと肩から力を抜く。

いやな気分だった。私の人間としての尊厳が、どうでもいいような小さなことで崩れていくのだ。ただ長く生きたというだけで、人にうとんじられるというのは理屈に合わないことである。

考えてみればおそろしいことだ。真面目一筋に生きてきて、ある程度の社会的信用を身につけ、誰にも後ろ指をさされずに暮している人間が、自分に責任のないことで他人から蔑視されなければならないとは、何と理不尽なことであろう。昨日までの尊敬が軽蔑と嘲笑に変わり、老いぼれめ、とののしられなくてはならないのである。

私は暗い気持でぺたりとすわり込んだまま黙って考えていた。

妙に頭がぼんやりして、なかなか考えがまとまらない。

腹がへっているから思考がまとまらないのだ、と私は思った。起きてからもうかなりの時間がたつのに、まだ何も食べていない。起きる前に数時間床の中で目を覚ましていたのだから、それも合わせればもうかなり長い間空腹にさいなまれていることになる。加津子さんは私に朝食を食べさせないつもりだろうか。

私に食べさせることを忘れたふりをしているのだろう。あれは、そういうことをやりかねない底意地の悪い女である。一応、表面上は従順にしているが、腹の底では何を考えているかわかったものじゃない。私が早く死ねば、厄介者がいなくなってせいせいするとでも考えているのだろう。

　空腹も原因して、私はだんだん腹が立ってきた。食べることだけが唯一残された楽しみである老人に、朝から何も食べさせず、忘れたふりをするなどは拷問である。

　風呂場の方から洗濯機の音が聞こえてきた時、私は思わず身震いがするほどの怒りを覚えた。加津子さんはこれからのんびりと洗濯を始めるつもりなのだ。あくまで私には食べさせん気だ。

「か、加津子さん」

　怒りで私の声は震えていた。自分でも思いがけないような大声だった。

　あわてた風に加津子さんが座敷へやってきた。

「どうしたんです、おじいちゃん」

「ど、どうしたもこうしたもない。一体いつになったら私に朝ごはんを作ってくれるのかね。腹がへって死んでしまいそうだ」

　加津子さんはきょとんとした顔をした。芝居に決まっている。

「でも」

「私を飢え死させる気なのかね。そんなに私が邪魔なのか」

「おじいちゃん、しっかりして下さい。朝ごはんはもう食べたでしょう」

「いいかね、老人にとって生きる楽しみといえば食べることだけであって……何だと」

私は加津子さんの顔をまじまじと見た。今、何か妙なことを言ったぞ。

「ですから、朝ごはんはもう食べたんです。めんたいこをおかずに」

「正美屋のめんたいこが残っていたな」

「それをおかずに食べたんです。忘れちゃったんですか」

加津子さんの口調に、私の心臓はドキンと縮みあがった。私は、とんでもない恥しいことをしてしまったのだろうか。

「食べた……」

「ええ。食べてからまだ三十分もたっていませんよ」

体中の血がカッと頭にのぼった。赤くなっておる、ということがますます私をうろたえさせる。

「わ、忘れた……、わけではない。た、確かに食べたな」

空腹だったような気分は消えていた。私は朝ごはんのことをしっかりと思い出した。

「大丈夫ですか、おじいちゃん」

病人をいたわるような調子だった。

「な、何がだね。何の心配をしているのだ。私が、ボ、ボケたとでも言うのか。バ、馬鹿なことを言っちゃいかん。冗談だよ。ちょっとからかってみただけだ。た、食べたもののことをそうすぐに忘れるはずなどありゃせん」

ひるんだように加津子さんは一歩後退した。私の見幕に驚いたのだ。

「食べたことを忘れるようになったら、も、もうおしまいだよ。私がそこまで耄碌しとるはずがない。冗談に決まっておる。よろしい。もう仕事に戻りなさい」

私は断乎としてそう言った。疑うような目で見つめていた加津子さんは、やがてそっと消えた。

途端にどっと冷や汗が出て、脇の下を冷たいものが流れた。

とんでもない恥をかいてしまった。よりによって、食べた朝食のことを忘れて、もう一度要求してしまうとは、私の自尊心にたえがたい醜態である。これでは意地きたない耄碌じじいと思われても文句は言えないではないか。

いやな気分である。自分だけは決してそんなことになりたくないと思っていたのだが、とうとう私も少しボケ始めてしまったのだろうか。

息子の嫁に、とんでもない厄介者だと思われなければならないのだろうか。

この家を雄一郎の名義に変えたのは失敗だったかも知れない。今の私は雄一郎にやしなわれている身だ。何をするにもつい気がねがある。

しかし、私が一代の努力の末やっと建てたこの家は、私が子供に残してやれる唯一のものなのである。婆さんがまだ生きているのなら、私の死後この家がまず婆さんのものになり、その後雄一郎のものになるようにはからっただろうが、婆さんは私より先にいってしまった。それならば早く息子にくれてやった方が利口である。親父が死ねば家が自分のものになる、早く死なないかと思われたりしても悲しい。雄一郎はそんな風に思う奴ではないが、他人の嫁がついている。邪魔にされてるなと感じるよりは、さっさとくれてやって感謝のひとつでもされた方がましだ。そう思って、私はこの家を雄一郎の名義に変えたのだ。

何の話から、家のことを考えだしたんだろう。はっきり思い出せない。この頃、自分がどうしてこんなことを考えているんだろう、ということがふっとわからなくなることがある。まだそんな歳ではないと思うが、少しボケてきたのかも知れない。嫌な気分である。

老人会で耳にする数々の噂話が思い出された。その中でも特に印象深いのは、おむつをしておかねばならなくなったという石田さんの話である。赤ん坊に戻ってしまい、どこであろうとおかまいなく大小便をたれ流ししてしまうそうである。自分がそうなったら、と思うとゾッとする。そんな風になってまだ生きていかなければならないとは、まさに地獄である。私だけは、決してそのような風になるまいと決意する。

幸い、私はまだ頭もはっきりしているし、体の方も健康で、ここ一年風邪ひとつひかない。耳もまだよく聞こえる。耳が聞こえなくなると急に老人くさくなるものだが、その点はありがたいことである。

だいたい、年をとってボケるというのは、若い頃に正しく頭を働かせておかなかったせいである。頭を使って生きておれば、急におかしくなるものではない。石田さんのように若い頃に仕事もせずに親の残した金で遊び惚けておれば、年をとってボケてくるのが当然である。その点私は大丈夫だ。遊びに身を持ちくずすこともなく、真面目一筋に働いてきた。

私が石田さんのようになるなどということは考えられない。頭も体も、私は十分に使ってきておりまだ若々しいと言ってもいいくらいのものだ。頭の回転が早いから老人会でも頼りにされることが多く自然とリーダーのような形になってしまう。記憶力も衰えていない。

そこまで考えて、私は小首をかしげた。今日私は何か失敗をしたのだろうか。何かやったような気もするのだが、どんなことがあったのか思い出せない。多分、大したことではないのだろう。だから忘れたのだ。これは、誰にでもよくあるど忘れというやつで、年齢とは無関係の事柄である。

だいたい、ボケなどというのは日頃から何も考えずにぼんやりと生きている人間に訪れるものであり、私のような知的な階級の人間には無縁のものである。インテリ、と呼ばれるような人間はいくつになってもかくしゃくとしているものだ。今日、何かちょっとした勘違いをしてしまったらしいが、それを思い出せないからといってボケたわけではない。

それはそうと、妙に頭がぼんやりして、きちんと考えがまとまらない。この頃こんな風にぼんやりすることが多いようだ。

私のすわっている縁側に、若い女がやってきた。四十歳台だろうか。ほとんど子供と言ってもいいような娘である。

「おじいちゃん。気分はどうですか」

その女が優しく声をかけてくれた。何かを心配してくれているような調子である。

「はい。いい気分ですよ」

私は愛想よく答えた。男である以上、いくつになっても若い女と会話するのは楽しいものだ。

「もし、頭が痛かったり、どこか変だったらちゃんとそう言って下さいね」

「わかりました。そうしますよ」

ニコニコと笑いながら私は答えた。そして、その女の方を見て、優しい調子で尋ねてみた。

「ご親切に、どうもありがとう。あなたは、どなたさんでしたかね」

その途端、女の表情がガラリと変わった。恐怖で、両眼がいっぱいに見開かれる。

私はドキン、とした。

何かをやってしまったのだ。何か、とても、恥しいことを。

「おじいちゃん。本当に私が誰だかわからないんですか」

女の怯えたような声を聞いた瞬間、ふいに私は思い出した。女は息子の雄一郎の嫁である。

「わははははは。わかっとるよ、決まっておるだろう。一緒に暮している加津子さんを忘れるはずがない。冗談だよ。ちょっと驚かせてみただけだ。どうしてそんな心配そうな顔をするのだね。ま、まさか私が本当に加津子さんのことを忘れたと思っているんじゃないだろうな。ははは、それではまるで私がボケてしまったようではないか。冗談冗談、冗談に決まっているだろう。そのくらいのことがわからないのかね」

最後の方は怒ったような口調になってしまった。なにしろ、とんでもない恥をかくさなければならないから必死である。一緒に暮している嫁の顔を忘れたとあっては、まともな人間扱いされなくなるかも知れない。脇の下を冷たい汗が流れていた。

「ま、まだ疑っているのかね。私が老いぼれて白痴になったとでも言うのか。何だその目は。か、加津子さんだいたいあんたは雄一郎と結婚した時には生娘ではなかったじゃないか。私にはちゃんとわかっておるのだ。そういう人間がひとをそそそんな目で見ていいと思っているのか」

「わかりました、おじいちゃん。わかりましたからそんなに興奮しないで下さい」

「かかかかかか……」

まだ何かを言おうとする私を残して、加津子さんは気味悪そうな顔をしたまま台所の方へ行った。

ガックリ、と私は首を折ってうなだれた。自分に対する情なさでしばらく顔をあげることもできず、私はじっと縁側の板を見つめていた。

私を見て、加津子さんが気味悪く思ったことは確実であった。毎日一緒に暮している人間から、あなたはどちらさんでしたか、と言われたのだ。気味悪がるのは当然であった。どうすればいいのだろう。私の名誉は完全に失われた。

しかし、どうしてあんな錯覚をしてしまったのだろう。一瞬とはいえ、息子の嫁の顔を忘れてしまったのである。私にも、ついにボケが起こったのであろうか。こうやってひとつずつ物事を忘れていき、やがては何もわからなくなってしまうのであろうか。

じっとしていると、胸がしめつけられるような不快な気分がこみあげてくる。いっそ死んでしまいたいほどの屈辱感であった。

この年まで、どうして私は生きながらえてしまったのだろう。この先長生きをすればするほど、たえがたい辱しめをうけなければならないのである。

老人会で耳にした噂話だが、なんとかいう老人は大小便たれ流しになるほどボケてしまい、おむつをしているそうである。なんという人であったのか、その名前はちょっと思い出せない。以前には知っていたのだが、ど忘れしてしまった。

ど忘れするからといって、私がボケてきたということにはなるまい。青年にだって、ど忘れということはあるものだ。人の名前を忘れることはあっても、私の頭はまだまだはっきりしている。やはり、若い頃に体を鍛えてあるというのは強い。

あの頃は仕事がなかった。私はむしろ知的インテリゲンチャというべき人種だったが、その私でさえ肉体労働をするしか仕事がなかったのだ。あの、荷運びの仕事で私の肉体は鍛えられた。それが今日の健康を生んでいるのだと思えばあれも懐しい。それに、あの労働についていた縁で、婆さんとも出会えたのだ。

あの頃はまだ婆さんではなかった。小柄なおぼこの、おかねさんだった。確か、初めてかねを見た時は桃割れをゆっていたのではなかったろうか。あどけない少女だった。

婆さんも、今では小さな位牌になってしまった。私より先に行くとは、不憫な奴だった。早く追いかけていってやりたい気もするが、私の肉体は健康そのもので、まだとてもあの世へは行けそうにない。頭だってしっかりしている。老人によくあるボケなど、私には無縁のようだ。

縁側にすわってじっとしていると、若い女が私の方を疑惑の目で見ているのに気がついた。私には、その女が誰であるのかわかっている。頭ははっきりしているのだ。

息子の嫁の加津子さんである。どこか底意地の悪いところのある女だった。

そして、私のことを必要以上に老人だと思い込み、耄碌しきった人間に対するように接している。私にしてみれば笑止千万で、まだまだこんなあどけない子供に軽んじられたくはない。時々この女は、忘れたふりをして私に食事をさせまいとするのだ。私は加津子さんの方を見て、しっかりした声で言った。できるだけ怒りをおさえている。

「加津子さん」

「きゃっ」

私の声の鋭さに驚いたのか、加津子さんは十センチほど飛びあがった。

「どうした」

「な、何でもありません」

「一体、いつになったら朝ごはんにしてくれるのかね。私を飢え死させる気か」

「えっ」

「え、じゃないだろう。私は腹がへって目がまわりそうなんだよ。忘れたふりなどして朝から何も食べさせないとは何事だ。そ、そうまでして私を殺したいのか」

「おじいちゃん、しっかりして下さい」

私は怒りで顔面を紅潮させていた。

「何も贅沢なものを食いたいというんじゃない。正美屋のめんたいこが残っていただろう。あれさえあればほかにおかずなどいらないんだ。それさえも食べさせたくないと言うのかね。あくまで私を邪魔者あつかいするのか」

「めんたいこはもう食べたでしょう」

「だ、誰が食べたんだ」

私はカッとして大声を出した。

「おじいちゃんでしょう。今朝、おじいちゃんがごはんのおかずに食べたじゃありませんか。いいですか。しっかりして下さいよ。もう朝ごはんは食べたんですよ」

その、おじいちゃんというのが私のことだとわかるのに少し時間がかかった。

「わ、私が食べた、だと」

「ええ、ごはんを茶碗に六ぱいも食べたじゃありませんか。忘れちゃったんですか」

ふっ、と私は不安に襲われた。

加津子さんの言葉には、あきれたような、馬鹿にしたような調子がこもっていた。

私はとてつもなく恥しい勘違いをしたのではないだろうか。

「た……食べた、のか」

「おかしいですよ、おじいちゃん。さっき食べたばかりなのに忘れてしまうなんて」

「そう言えば、食べたような気がする」

冷静さを装うのがむつかしかった。私は今、人間としての尊厳を喪失しそうな瀬戸際に立っているのだ。

「どこか悪いんじゃありませんか」

「どこも悪くないぞ。な、何を考えているのだ。わ、私を疑うのか。きっと私のことを老いぼれて頭がおかしくなったと思っておるのだな。と、とんでもないことだ。ぶぶ無礼なことを言うな。ボボボボボボケてなどおらん。絶対に私はボケておらんのだ。う、疑っとるな。その目は疑っておる」

私を恐れるように加津子さんは後ずさった。

「おじいちゃん、そんなに興奮しないで」

「こっこっこっこっこっ興奮などしておらん。そんな顔で私を見るな。ボボボケておらんぞ。私はボケてなどおらん」

逃げるように加津子さんは座敷から出ていった。

言いようのない悔しさで私の身体はぶるぶると震えた。あの女は私のことを耄碌したと思ったに違いない。老いぼれて頭がおかしくなったと思っているのだ。

何という屈辱であろう。この私が、あんな女に馬鹿にされなければならないとは。

悔しさのあまり涙がにじんで目尻のしわにしみていく。鼻の奥も水っぽくなった。

私は縁側にすわってぶるぶる震え続けた。

確かに私は、見っともない醜態を演じてしまった。食べたもののことをど忘れしてしまったのだから言い訳はできない。私は年をとって少し忘れっぽくなっているようだ。

しかし、それだけで私が他人に軽蔑されるというのはおかしい。少々忘れっぽくなったというだけで、人間としての尊厳をなくしてしまうというのは理不尽である。この年まで、私は立派な社会の一員として真面目に、汗水たらして生きてきた。それが、ちょっと忘れっぽくなったというだけで、途端に軽蔑されるのである。みじめな老いぼれめ、とさげすまれなければならないのである。

たとえば、こんな話を聞いたことがある。どこかの、何とかさんという老人は大小便たれ流しになってしまい、おむつをしているというのである。人間そうなったらおしまいであろう。確かその人は、若い頃に自堕落な生活をしたという話だった。老いてそんなみじめな状態になってしまったのは、若い頃の生活のしかたに原因があるのである。そこまでいってしまえば、軽蔑されるのが当然だと私も思う。だが、忘れ事をしたくらいで軽蔑されるのはどう考えても納得できない。

一体私が何を忘れたというのだ。そのために他人にどんな迷惑をかけたというのだ。今、ちょっと思い出せないが、どうせ大したことではあるまい。ちょっとした物忘れで私という人格の尊厳が失われていいものだろうか。

かねならば私の言うことをわかってくれるだろう。私は先にいった愛妻のことを思い出す。

　あれは善良で、清らかな心の女だった。私と結婚した時は、もちろん生娘だった。私の言うことだけを信じ、文句ひとつ言わずについてきてくれた。私が独立して事業を始めた頃は、随分苦しい生活をさせたが、ちゃんときりもりしてくれた。ようやく生活も楽になり、これから今まで苦労した分をとり返そうという時に死んでしまった。思えば可哀そうな女だった。今、もしあれが生きておれば二人で優雅に余生を楽しむことができただろう。息子の世話になって肩身の狭い思いをしなくてもよかっただろう。

　本当は、私はこの家でもう少し身勝手に、のうのうとしていればいいのかも知れない。もとはと言えばこの家は私が建てたものだからである。最下層の荷運びの仕事からスタートした私が、とても他人にはまねのできない努力によって遂に自分で事業をするまでになり、寝食を忘れて働いた結果、ようやくこの家を建てたのである。それを私は考えるところあって息子の雄一郎にゆずってしまった。若い者に嫌われながら生活するより、残すべきものをゆずって、悠々と余生を送る方が利口なやり方だからである。それが私の知恵ある判断なのであった。

妙に頭がぼんやりして、なかなか考えがまとまらない。

この頃よく物忘れをする。何でもないことがふっと思い出せず、そのうち何を思い出そうとしていたのかもわからなくなったりする。どうせ大したことではないだろうからそのままにしておくが、特に人の名前が思い出せない。もともと私は、若い頃肉体労働をして体を鍛えた時期があっただけに、老化が遅く、体も頭もはっきりしている方なのだが、それでも少しは忘れっぽくなってくる。年をとるというのは恐ろしいことだ。

それでも、青山完治という名前だけはくっきりと覚えている。他のすべてを忘れたとしても、あいつの名前だけは忘れないだろう。私を苦しめるためだけに生きていた、鬼のような男である。荷運びの仕事をしていた時の組頭《くみがしら》である。

思えば、あの男には何かの鬱屈があったのかも知れない。それを晴らす対象として、私が目をつけられたのだ。おそらく、仕事場へも高級な総合雑誌を持っていくような、私のインテリ的なところが彼を刺激したのだろう。

何かにつけて私はいじめられた。常に一番厳しい仕事が私にまわってくる。やっと手に入れたズック靴をかくされ、砂利道を裸足で荷運びしたこともある。死んでしまうかと思ったこともたびたびだった。だが、ここで弱音を吐けば私は永久にこの男にいたぶられ続けるだろうという思いで、私は堪えぬいた。どんな苛酷な労働にも、私は弱音を吐かなかった。

二人で運ぶべき荷物を、一人で黙々と運びぬき、ついに失神して水をぶっかけられたことがあった。そしてその時から、青山完治は私をいじめなくなった。ほとんど死にそうになっているのに、不平を言わず働きぬいた私がまるで化け物のように見え、こわくなったのだ。

私は勝った。鬼のような男に勝ったのだ。

私を虚弱なインテリと思った奴は必ず後悔することになるだろう。私の中には、不屈の闘争心があふれているのだ。どうした青山、それだけなのか。もう私をいじめる手を思いつかないのか。私はまだへこたれていないのだぞ。

頭がますますぼんやりしてくる。

さあこい。誰とでも相手になってやるぞ。私を見くびるとどんな目にあうか思い知らせてやる。

こんな縁側でなく、庭へ出よう。そして、結着をつけようじゃないか。

ところで、ここはどこだろう。どうしてこんな知らない家にいるのだろうか。いつの間に、他人の家にあがり込んでしまったのか、思い出せない。

その時私は、その家の台所の方から、縁側の私の方をうかがっている者がいることに気がついた。まだ若い女性である。何か心配なことでもあるように、おずおずとした顔で私の方を見ている。

「や、どうも」

私はかなり大きな声を出した。

「勝手に上がり込んですみません。私は決してあやしい者じゃありません。ただ、どういうわけか気がついたらここにいたんです。すぐ出て行きますから」

その女性がおそるおそる私の方へ来て言った。

「何を言ってるんです。しっかりして下さい。ここは自分の家じゃありませんか」

どこかで見たことのある娘だった。さて、おれは一体どこにいるのだろうと首をひねって考える。この娘さんは誰なんだろう。

突然、私の頭の中に電光が走り、私はすべてを思い出した。

「ああ、そうか。あなただったのか。ここはあなたの家だったんですね。やあ、失敬、失敬。仕事で疲れてたんで、ついぼんやりしていたんです。かねさんを見忘れるとはぼくもどうかしていますね」

恋しい乙女を見忘れるとは私もまったくどうかしていた。毎日の激しい労働で、頭のしんがぼんやりしているのかも知れない。

かねさんは純情な少女にふさわしい気おくれした態度を見せながら、私の方を見て震える声で意外なことを言った。

「私は加津子です。しっかりして下さい。大丈夫ですかおじいちゃん」

私は柔和な微笑を浮かべた。

「いやだなあ。何をおびえているんです。こう見えても、ぼくは仕事場の他の連中と違ってちゃんとした紳士のつもりです。かねさんに失礼なことをするはずはありませんよ。大丈夫ですったら。そんなに不安そうな顔をするもんじゃありません。それは、ぼくの品性を疑ってかかることになるんですよ」

「でも……」

「あの連中と一緒にしないで下さい。ぼくがあそこで働いているのは、今の世の中が不景気で仕事がないせいです。でも、いつまでもあんなことをしている気はないんです。いずれは必ず一旗あげてみせますからね」

そう言って私は快闊《かいかつ》に笑った。

「ちょ、ちょっと待って下さい。いいですか、そのままじっとしていて下さいね」

そう言うとかねさんは台所の方へ急ぎ足で消えた。

彼女の心中に去来するものが何であるのか、男である私にわかるはずもなかったが、少なくとも好意を持ってくれていることは予想できる。そうでなければ、ちゃんとした家庭に育ったお嬢さんが、荷運び労働者である私と言葉をかわすはずがないだろう。私が単なる労務者ではなく、総合雑誌を読むインテリであることを知っているのだ。

妙に頭がぼんやりして、考えがまとまらなかった。

どれくらいの時間がたったのかはっきりしない。私は一時的に放心状態にあったようだ。庭の方から声をかけられて、私は我に返った。

「沼田さん。おるかね」

見れば、つつじの木の横に島田老人が立っていた。

「やあ、どうも。どうしたんです、そんなところから」

「いや、ちょっと通りかかったんでね。どうしてるかなと思って寄ってみたんだよ」

「まあ、こちらへどうぞ」

老人会の世話役の島田老人が家へ訪ねてくるのは珍しいことだった。

どっこいしょ、と彼は縁側にすわった。私より二歳下の、未《ひつじ》の七十九歳である。そうか、私ももう八十一歳なんだな。

「元気かね」

私は年長者らしく鷹揚に尋ねた。

「あかんね。雨が降りそうになれば関節が痛むし、ちょっと歩けば胸がつまる。歳には勝てんよ」

「まだ若いのにえらく弱気だね。見たところ少しも弱っておらんし、耳もよく聞こえるようじゃないかね」

「お陰で耳だけは達者だよ。それは、あんたと同じだ」

「私は若い頃に体を鍛えているからね。まだまだ若い者には負けんよ」

島田老人は不思議そうな顔で私を見た。

「どうしたね」

「いや、どうということはない。加津子さんがさっき私の家へ来てね、ちょっと見てくれというんで来たんだが、妙なところも見えんなあ。加津子さん、誰のことかわかるかね」

「雄一郎の嫁の加津子さんか」

「うん。よくわかっているじゃないか。心配することもないのかな」

どうやら彼は私を心配してやって来たらしい。私は少し気分を害した。年下の若造が私を気づかうなど笑止の限りである。

「加津子さんというのは、ちょっと気をつけた方がいいところのある人でね」

島田老人は興味深そうな表情になった。

「ほう」

「雄一郎は気がついていないらしいが、嫁に来た時、生娘ではなかった」

「どうしてわかったのかね」

「勘だよ。間違いなく、あの時はもう男を知っておったね。雄一郎が気づいておらんのに私がどうこう言うこともあるまいと黙っていたが」

「しかし……」

島田老人は得意の説教口調になった。

「今どき、生娘で嫁に来る女などおらんそうだよ。そんなことは知らん顔しておればいいことではないかね。もしそれを、横から非難がましくやいのやいのと言えば嫌われるだけのことだ。言わん方がいいねえ」

「しかし、かねは生娘だったよ」

「それはそうだ。だが時代が違うんだよ。今あんたがそんなことを言って何になる」

あたり前のことを説教口調で言う島田老人を見て、私は、少しボケてきているんじゃないか、と思った。

やがてそこへ加津子さんが顔を出し、どうか昼ごはんを食べていってくれと島田老人を引き止めた。

「別に、ごちそうになりに来たわけじゃないんだが」

「いいじゃないかね。まあ、粗末なものだが食べていって下さい」

ところが、本当に粗末なものであったため、私の面目は丸つぶれになった。加津子さんが出してくれたのは、そうめんと、焼茄子だけだったのである。私だけならば食い物に文句を言うなんてことは決してしない。しかし、客が来ているのにこれでは私の立場がないではないか。つい、語気が鋭くなるのは当然のことであった。

「加津子さん。老人にはそうめんくらいが一番ふさわしいと思っているのならそれは間違っておるよ。こんなものでは元気も出ないというものだ。老人だって、時には脂のあるものを食べなきゃならん。毎日毎日そうめんでは栄養が不足して枯木のようになってしまうんだよ」

加津子さんはきっとした声で口ごたえをした。

「でも、おじいちゃん、そうめんと焼茄子さえあれば私は満足なんだから昼は必ずそうしてくれとおっしゃったじゃありませんか」

「それは私一人の時のことです。お客が来ているのにこれではあまりにもみじめで、私の体面というものが保てないではありませんか」

興奮して喋ったので口の中が泡だらけになり、私は口ごもった。

「私、そうめん大好きだから喜んでいただきますよ。おや、もう、茗荷《みょうが》が出ましたかね」

島田老人がはしを取ったので、私は加津子さんに文句を言うのをやめてあわててはしを持った。老人会で茶菓子が出るといつも彼は常人とは思えぬ速度でそれを食べ、結果的には他人の二倍は食べるのである。

しばらくはものも言わずにそうめんを食べる。彼は焼茄子にはなかなかはしをつけない。それは各人に別の皿で盛ってあるので、当面、急を要さないのである。

「茗荷としそがあるというのが、つるつるつる、実に贅沢なものでいいですねえ。うちのお嫁さんなんか、つるつるつるつる、そうめんにはおろし生姜があれば十分と思っているらしくて、つるつるつる、どうも寂しい思いをしてますよ」

島田老人は喋っているが、安心はできない。一回にはしでつまむ量が私の一・五倍はあるのだ。

「先日、茗荷が食べたいと言いますと、つるつるつる、あれを食べるともの忘れをするからいけませんなどと、つるつるつるつる、若いくせに迷信じみたことを言いまして」

私はつい、はしを止めてしまった。

「私などもう何十年も茗荷を食べていますぞ。それでもの忘れをするなら今ごろはもう何も覚えていませんよ」

最後の一つまみを島田老人に食べられた。してやられた、という気がする。しかし、それを表情に出しては大人気ないので、虚しく焼茄子を食べる。

「そうですか。もの忘れをすること、ありませんか」

落ちついたらしく、彼はそれが本論だ、というような調子で言った。

「別に、ありませんねえ。確かに、若い頃にくらべれば記憶力が低下しました。人の名前なんか、ひょいと忘れてどうしても思い出せなかったりします。しかし、そんなにひどいものではない」

「自分がどこにいるのかわからなくなったり、自分が誰だか忘れてしまうことはありませんか」

加津子さんが食事を片づける。

「そこまで行ったら終りですな。私は若い頃に体を鍛えてあるんで、そんなひどいボケにはなりませんよ。ありがたいことです」

不審そうな顔で島田老人は私を見ている。そういう、人間の感情の動きが読めないほど私は耄碌していない。ほんのちょっとの表情の変化を見ただけで、その人間が何を考えているかすぐにわかるのである。

ことに、この頃敏感になったのは、その人が私のことを実際以上に老人だと考えていることに対してである。こっちはかくしゃくとしているのにそれを知らず、年だからどうせ何を言ってもわかりゃしまい、と思っていることなど私は全部察知してしまう。実際、そういう時ほど腹の立つことはない。

今も、島田老人は自分のことを棚にあげて私が耄碌したかどうかを疑っている。他人のことより自分の心配をしろと言ってやりたいところだ。

「恐ろしいことだが、年をとるとどうしても頭の働きが鈍くなりますからね。私なんかも近頃本当に忘れっぽくなりました」

うまいことを言うが、本当は私のことを疑っているのだ。

「人間、頭を使わなくなったら急速にボケるものです。その点、私はおかげでどうにか正気でいるわけですが」

　加津子さんが現われたので私は言った。

「加津子さん。今、何時頃かね」

「一時十五分ですけど」

「ああ、いい時間じゃないか。すまんが、私と島田さんに、昼ごはんの用意をしてくれないかね」

「は？」

　馬鹿げた声を加津子さんは出した。

「お昼ですよ。昼ごはん」

　妙に頭がぼんやりして、考えがなかなかまとまらない。

　どうしたわけか、他人の言葉がさっぱり理解できなくなった。音としては耳に届いているのだが、その言葉の意味がわからないのだ。外国語で話しかけられているような感じである。

　その見知らぬ老人はやたらと大きな声で私に何かを言った。ちゃんと意味のわかる言葉で話せばいいものを、と思う。

「あなたは誰ですか」

私がそう尋ねても、わけのわからないことをわめくばかりであった。

やがて、その老人はそこにいた若い娘をつれて台所の方へ行った。二人だけで内密の話をしよう、という雰囲気である。

私には、ピンとくるものがあった。まだまだ私の神経は鋭敏で、事態の意味を直観的に悟ることができる。

あの二人、私の悪口を言っているのだ。

怒りで私の顔は紅潮した。昔、よくこういう目にあったことがある。いわれもなく私を虐げようとする奴がいるのだ。私が多少のインテリジェンスを持っているというだけで、人々は私を排除しようとする。

屈してはならない、と私は思った。真正面からぶつかっていくのだ。逃げようとすれば私の負けであり、一生負け犬として生きていかなければならなくなるだろう。

娘が恐る恐るという風情で戻ってきた。相手の男は帰ったらしい。私は思わず真情のこもった声を出した。

「かねさん。あいつとどんな話をしていたんだい」

ドキッとしたように、かねさんは一歩とびのく。恋しいかねさんに私の悪口をふき込む奴が憎い。

「何を言ったのか知らないが、あんな奴の言うことを信じないでくれたまえ。あいつは、あの青山完治という男は、ぼくのことを憎んでいるのだ。ことごとくぼくに辛くあたり、ぼくをいじめることを生きがいにしている奴なんだ。人にどう思われたっていいけれど、かねさんに嫌われるのだけは堪えられない」

「私、おばあちゃんじゃありません」

かねさんは今にも逃げ出しそうな体勢で、やっとそれだけを言った。

「あいつ、そんなことを言ったのかい。嘘だよ。あいつの出まかせに決まっているじゃないか。ぼくがかねさんのことを、おばあちゃんなんて言うわけがないよ。かねさんは清らかな乙女だ。なんでぼくがそんなことを言うもんか」

「違うんです。しっかりして下さい。おじいちゃん。私は息子の雄一郎の妻の加津子です」

「嘘だ。そんなの嘘にきまっている。かねさんが誰かの妻だなんて、ぼくには信じられない。ぼくから逃げるためにそんな嘘を言うんだね。どうしてだ、どうしてぼくが嫌いになったんだ」

私は激情にかられて立ちあがり、かねさんに近づいて行った。

「答えてくれ、かねさん」

もとより乱暴などする気はなかった。ただ、彼女の口から理由をききたかっただけだ。

だが、私が小さな肩を両手で摑もうとすると、かねさんの目に恐怖の色が走った。それを私ははっきりと見てしまった。

「きゃっ！」

絶叫して、かねさんは逃げた。

「かねさん！」

追いかけようとしたが、足がもつれた。私はへたり込む。

何ということだ。私はかねさんに嫌われてしまったのだ。いつかはあの人を妻にと、心に決めていた人にそむかれた。それもあの、青山完治の奴のせいで。

私はガクリと肩から力を抜いた。もう動くのも億劫だった。体中から力が抜けていくような気がする。

這うようにして台所へ行ってみたが、やはりそこには誰もいなかった。

昼間でも光がささないような場所に台所はあって、蛍光灯がついていた。そしてその蛍光灯は寿命がつきており、ジーッと音をたて少しずつ明るくなってパッとともると、次の瞬間ふっと消える。そしてまた同じことが始まる。それを何度でもくり返していた。

私は蛍光灯のこの寿命のつき方が好きではない。電球のように、ふっと消えればそれでおしまいという方がよほどすがすがしい最期である。振ってみるとサラサラと死者の声がする。

蛍光灯は、もう生きていく活力が失われているというのに、追いたてられてやっとの思いで明るくなる。しかし、昔の力は今やなく、すぐまた消える。それなのにまたしても追いたてられる。そしてそれを何度も何度もくり返さなければならないのである。残酷な話だ。私はあんな死に方はしたくない。

いつまで台所でぼんやりしていただろう。私はなんだか妙に頭がぼんやりして、考えが少しもまとまらなかった。どうして自分が台所などにいるのかもわからない。朝からずっとここにすわっているのだろうか。

時間がどのくらいの早さで進んでいくのかさっぱりわからない。私はこの台所に数分いただけなのだろうか。それとも、何十時間もここにこうしているのか。

私は誰なのだろう。どうしてもそれが思い出せない。

こんなところで何をしているのだろう。

何もわからなかった。どのくらいの間そこにじっとしているのかもわからない。ジーッと音をたてては、蛍光灯がついたり消えたりしていた。

物音がして、まだ若い四十歳足らずの男が現われた。

「どうしたんです、こんなところへすわり込んで」

男がそう言った。どこかで見たことのあるような顔である。

その男の後ろに、若い女が不安そうな顔で立っているのも見えた。これも誰か知っている人のような気がする。この頃、どうも人の名前が思い出せなくなってしまった。

「どちらさんですか」

私がそういうと、男はオーバーに驚きの表情をとった。

「まいったなあ。完全にボケちまってるよ」

後ろから女が小さな声で、

「そうでしょう」

と言った。

「お父さん。しっかりして下さいよ。自分の息子を見忘れちまったんですか。ここ、どこかわかりますか」

ふいに私は思い出した。この声、そしてこの顔。仕事を生きがいに真面目一本槍で生きている男の、この雰囲気。

　その男は沼田常雄に間違いなかった。若い頃は不景気で最下級の肉体労働についていたが、少し前についに独立して自分の事業を始めたのだ。妻のかねは、苦労時代もぐちひとつ言わずについてきてくれた。

　その男は私であった。

「お前は……、私じゃないか」

「何ですって。何を馬鹿なことを言ってるんです。雄一郎ですよ。息子の雄一郎」

「冗談を言うな。雄一郎はまだ生まれたばかりの赤ん坊だぞ。私は子供が生まれるのが遅かったんだからな。お前は確かに私だ。私もどうかしていたな。自分を見忘れるとは」

「駄目だな。これはかなり重症だぜ」

「見てごらん、かね。たくましい男じゃないか。体は頑健で、しかも知的な顔立ちをしている。お前もこんな私と結婚してよかったと思うだろう」

「お父さん。しっかりして下さい」

　若くてたくましい方の私がそう言った。私は、その私があまりにもわからないことを言うので苛立ってきた。

「何を言っているんだ。私がお父さんのはずがないではないか。なぜ私が私のお父さんなのだ。私の父親は早くに死んだのだぞ。私が沼田吉右衛門だなどと、出鱈目を言うでない。私は沼田常雄だ」

「そうです、そうです。それでいいんです。だからぼくは雄一郎です。わかりましたか」

私は首を横に振った。

「お前は私だ。私が言うのだから間違いない。そこに、妻のかねもいるじゃないか」

「これはぼくの妻の加津子です。いいですか、おばあちゃんじゃないんですよ」

私の頭にカッと血が上ってくる。

「し、失礼なことを言うな。私の妻は私のところへ来た時生娘だったのだ。決して、おばあちゃんなどではない」

「医者にみせんと駄目だな。完全におかしくなっちまってる」

かねが、若い私に言った。

「治るかしら」

その私はふっと悲しそうな目をした。

「病気とは違うからな。あんまり希望は持てないかも知れん」

私はなぜか非常に懐しい気持になって、饒舌になっていた。

「大したものだ。これがあの荷運びをしていた私だろうか。堂々として、実に立派なものではないか」

若い私が、私の方を真剣な表情で見た。

「よろしい。ぼくが沼田常雄だとしましょう。そしたらね、いいですか。沼田常雄はこの世に一人しかいないはずでしょう。だったらあなたは誰なんですか」

「私は……、私だ」

「いや、ぼくが私です。そう言ったでしょう」

「私は……」

私の頭は混乱してきた。何もかもぼんやりして、まったく考えがまとまらない。

「ぼくが私だということは、あなたはいないのと同じことになっちゃうんですよ」

私の頭の中で、何かがプッンと音をたてて切れた。

そうか。それでわかった。だからこんな風にぼんやりして何も考えられないのだ。

私は、いないのだ。

だから、考えというものがないのだ。

つまり、意識があってはおかしいことになる。私はいないのだから。

もう一度、さっきよりは大きなプツンという音が聞こえた。
そして、私の意識はおぼろな乳白色の靄《もや》のなかに永久に包み込まれた。

太陽が描かれており、それはまるで森の落日が川面《かわも》に反映しているかのように美しいものであったという。

さすがは「印象――日の出」の画家であると言うべきであろう。

食べ物と偉人にまつわる話ではこんなのもある。ロシアのピョートル大帝は若い日、ドイツ、オランダ、イギリスなどへ渡り自ら造船術を習ったりしたことで有名だが、そんな時、ドイツのザクセン地方で一日乗馬を楽しみ、夕刻になってしまったことがある。腹がへったなあ、何か食べるものはないだろうかと思っていると、近くの農家で農夫がさんまを焼いていた。そのうまそうな匂いにひかれて、そのさんまを買い求めて食べてみたところ、空腹だったこともあり、実にうまい。この世にこんなうまいものがあっただろうか、という気がするほどである。

そして後年、大帝となったピョートルは王宮でさんまを求めるのだが、王にただ焼いただけの魚を出すわけにもいくまいと、さんまのボルシチとか、ムニエルとか、サバイヨン・ソースかけ、とかになって出てくるので、あの思い出の味とはまるで違っていた。そこで王は言う。

「このさんまは一体どこでとれたものだ」

「はい。バルト海で」

「それはいかん。さんまはザクセンに限る」

とまあ、食べ物に関して有名な話は沢山ある。人間が、結局は食べずには生きていけないということと、その食べることを文化にまでしてしまっているということの証拠であろう。いや別に、むつかしいことを言わなくても、うまいものを食べていられれば人間は幸せである。

そこで、ちょっとした料理を作ってみることにしよう。よくある料理の本のように、何度も裏ごしをしろだの、スープストックは三日前から煮込んでおけだのという無茶なことは言わない。どちらかといえば単純豪快な男の料理のやり方でいくから、これを読めば誰にでも同じものが作れると思う。

作るものは、「ブガロンチョのルノワール風マルケロ酒煮」を中心に、オードブルとサラダ。これにワインとフランスパンを加えれば立派な晩餐になる。

まず、ブガロンチョのもも肉を一枚用意する。ブガロンチョというのは和名をかし鳥という鶏《にわとり》の倍くらいのサイズの鳥で、原産地はオランダとかベルギーとかあっちのほうだが、フランスの田舎へ行けば飼育している。

このブガロンチョのもも肉は、フランス料理の材料のうちでも最高級品で、これを一度食べたらほかの肉は食べる気がしなくなると言われているほどのものだ。この鳥は人工飼育するにしても、昆虫とかみみずなどの生き餌《いえ》しか食べないので費用がかかり、大量には出まわらない。それでかえって肉の王の地位を保っていられるわけだ。

なぜブガロンチョのもも肉がそんなにうまいのかといえば、かかし鳥という和名が示している通り、この鳥には脚が一本しかないからである。鳥といいながら飛行能力はお粗末で、せいぜい鶏と同程度にしか飛べず、通常はひょこひょこと地面を歩いているわけだが、脚が一本だから歩くというより跳びはねているわけだ。そのため、もの筋肉がよく発達し、脂《あぶら》のほどよくのった最高級品となる。その味はとても言葉で説明できるものではなく、鴨《かも》ロースの味をもう少しすっぽんに近づけて、しかも牛の霜降り《しもふ》の柔らかさを加える、などと書き並べるのも無意味。一度食べて下さい、としか言いようがない。

このブガロンチョのもも肉が日本で買えるようになったのだから喜ばしい。東京だと、Yデパートの地下一階、〈世界の高級ミートショップ〉へ行けば年中いつでも手に入る。地方都市でも、大きなデパートなら置いているんじゃないだろうか。

今回使うのは、そこで三千五百円で買ってきたブガロンチョのもも肉一枚である。これで四人分の料理ができる。そう思えば高くない。

まずこのもも肉を、皮の反対側から切り開いて、ほぼ一センチの厚さに平にのばす。そしたら皮側のほうに、あとで火がよく通るようにするため、クシか、フォークを突き立ててまんべんなく穴をあける。

次にその肉に、岩塩とコショウを手でよくすり込んで、そのまま三十分置く。

この肉で具をくるんで、焼いたあと、煮るというのが全体の方針である。そこで、具のほうを用意する。

具には、玉ねぎとパセリのみじん切りに、スライスしたマッシュルームを加えるが、ここにケケシラガの荒みじんを混ぜるのがポイントである。この、ケケシラガを加えるというのが、この料理が、ルノワール風、と呼ばれる所以《ゆえん》なのだから。

ついでに言っておくと、このルノワールは例のあの、印象派の画家のルノワールのことではない。もちろんその息子の、映画監督のジャン・ルノワール（「どん底」「大いなる幻影」「フレンチ・カンカン」の）とも違う。

このルノワールは、ミシェル・ラフガンヌ・ド・ルノワールといって、その二人のルノワールよりずっと昔の人、マリー・アントワネットの料理人だった人物である。四歳の時から料理を作り始めた、というような伝説まである天才で、王女アントワネットは断頭台で首をはねられる時、何も思い残すことはないが、ルノワールの小羊の血のムースがもう食べられないのだけが残念です、と言ったとか、エピソードの多い人物である。

ところが一説によると、ルノワール自身は密かに革命軍に同調していたともいう。いざという時、王女がパリから脱出できないようにしておいてほしいとロベスピエールに頼まれ、彼はお安いご用だと引き受けた。そして毎日カロリーの高い、それでいてあまりのうまさについ食べ過ぎてしまう料理を出し続けた。時到って、身の危険を感じたアントワネットが王宮を脱出しようとすることがあったが、彼女の体はドアを開けた隙間《すきま》を出ることができなかったという。

天才料理人ともなると、雇《やと》い主の体重を増やすも減らすも思いのままなのである。もっとも、この話は眉《まゆ》つばだという説もある。

ところでこのルノワールは、料理に初めてケケシラガを用いたことによって、料理名の中に名を残した。それまでその白っぽいスポンジのようなものが食べられるものだなどとは誰も考えたことがなかったのである。

だがそのぶにゃぶにゃした白いスポンジは食べられた。それどころか、かつて誰も予想したことがないほどおいしいものだった。

ケケシラガは生物学的に言えば黴《かび》の一種である。それも、ネズミのおしっこがしみ込んで、ボロボロに腐《くさ》ったような松の板きれだけに発生する黴である。発生のためには微妙な湿度と温度、日陰の具合と空気を必要とするため、ただ松の板にネズミのおしっこをかけておいただけでは発生しない。ヨーロッパの田舎村の、崩れ落ちそうな旧家の、天井裏などでしかこれは採れないのだ。

そのためヨーロッパの田舎では、古い家が壊される時には、まず慎重に屋根が外される。そして、期待に胸躍らせて、天井裏を探索するのだ。白いケケシラガが発生していれば大喜びである。その貴重な食品は、驚くような高値で売れるのだ。もしケケシラガが一キロも採れれば、新しい家の建築費ぐらいにはなるのである。

ケケシラガは微細な黴の集合体で、生のものはスポンジのような手触《てざわ》りだが、普通は乾燥させて使う。乾燥させても、味も匂いも変わらないのだ。ただ、色だけが少し黄味がかる。

この貴重な食品も、最近は日本で手に入るようになった。デパートの輸入食品売り場へ行けば大抵置いてあるし、もしそこになければドビンガル料理の材料店へ行けば必ずある。今回はその、十グラム九万円のものを五グラム使った。簡単に庖丁が入るので、荒みじんにするのに苦労はない。

どうしてもケケシラガが手に入らない、という場合は、ケケシラガの代用にベーコンのきざんだものを用いるのが、次善の策だ。ただし、その料理名からは、ルノワール風、の文字が消える。

ベーコンを代用にする、というところから、ケケシラガの味を僅《わず》かに想像することができるだろう。つまりそれは、しっかりと口中に広がる芳《こうば》しいような味があり、しかもえも言われぬあっさりとした舌ざわりなのだ。いややはり、ベーコンからこの味を類推してもらうのはやめよう。とても比較にならない、と言うべきなのである。私の文章力ではその神秘的ともいえる味を表現することは不可能である。食べてみて下さい、としか言えない。

話を料理のほうに戻す。

玉ねぎ、パセリのみじん切り、スライスしたマッシュルーム、そこにケケシラガの荒みじんを混ぜ合わせる。そうしたらそこに、レモン一個分のしぼり汁をかけて五分ほど置く。

玉ねぎのみじん切りは一度炒《いた》めて、それをさまして使うのが本当なのだそうだが、まあそこまで手をかけることはない。どうせあとで火にかけるのだから、結果においてそう違った味になるわけではない。

さて次に、この混ぜ合わせたものを、三十分前に塩とコショウしておいたブガロンチョの肉でくるむわけだ。もちろん、皮のほうが外になるように、きっちりと巻く。巻いたらたこ糸で強くしばり、中の具が出てこないようにする。

そこでフライパンを出し、多め（大さじ二杯くらい）のオリーブ油を熱する。あ、この時の注意点としては、フライパンを毎日使う料理屋ではない一般の家庭では、前回使ったあとしまう時、薄く油をひいてあるはずだ。（それもしてない、というのは論外である）

その薄くひいた油が酸化していて、そのまま使うと料理に悪い味がうつるので注意しなければならない。まずフライパンをガスの上で少し熱し、前回の油が温度でゆるくなったところを、ペーパータオルかティッシュペーパーでよくぬぐう。この手間は絶対にはぶかないでほしい。

で、オリーブ油を入れて熱し、そこへにんにくを一かけ入れる。このにんにくが、こんがりと黄金色になったら箸でつまんで取り出す。

そしてそこへブガロンチョのもも肉の糸でしばったのを入れる。初めは強火、すぐ中火にして、皮がこんがりときつね色になるまで焼く。あまりごろごろせわしなく返さないで、じっくりと、中にまで火が通るように攻めるのがポイントである。たとえて言えば、喪服の未亡人を落とす要領だと言おうか。

さあ、もも肉の皮がいい色になった。ではフライパンは火からおろす。

次に鍋《なべ》を取り出す。ここで普通だと、プロの使うようなアルミの厚手の鍋がいいとか、多層構造の輸入鍋がいいとか言いだすのだが、これは男の料理だからそういう細かいことは言わない。何でもいい、家にあるうちで一番重い鍋を使えばいいのだ。

鍋を熱したらそこへ、またしてもオリーブ油を多めに。そして今度はそこにサイコロキャラメル一個分くらいのバターを加える。バターが溶けたところへ、にんにく一かけ分のみじん切り、セロリ一本分の細切り、スライスした玉ねぎ半個分を入れ、よく炒める。火は中火で、今度は木べらでせわしなくかきまぜながら炒めてほしい。

玉ねぎが僅かに黄色くなり、半透明になって、酒に酔って正体を失いかけた美女のように腰くだけになったら十分である。ここへ、さきほどのブガロンチョのもも肉ぐるぐるしばりを入れる。

そうしたら、この料理の名前の最後の部分にとりかかる。すなわち、マルケロ酒を鍋に二分の一本、どぼどぼと大胆に注ぎこむのだ。そうして、火を弱火にして一時間ほど煮込めばそれで完成。塩は肉にすり込んであるから加えなくてもよいが、好みによっては少し入れてもいい。どの段階で入れたってかまわない。細かいことは言わないのだ。

同様に、煮込んでいる時、アクをすくうのも面倒だから省略。男が鍋にふたをした以上、何度も開けるものではないのだ。

ただし、ブーケガルニは入れておこう。つまり、香草の束だ。ローレル（月桂樹の葉っぱ）一枚と、セロリの青いところ、パセリの軸、タイムなどを束にして、ワインを入れた時に、ほうり込んでおくのだ。（これは食べるものではないから、あとで皿に盛る時には取り出すように）

さあ、あとは一時間後、煮えあがるのを待つだけだ。そこで、タバコでも吸って三十分休憩しよう。

その間、味に関するとりとめのない雑感をめぐらせてみよう。

私の考えでは、一般に、女性と男性を比較してみると男性のほうが保守的だという気がする。もちろん、夥《おびただ》しい反論があるだろうことを承知の上の発言である。一見威勢のいいことを言い、新たなるものに挑戦していくかに見える男性が、その実、意外に臆病で自分の慣れ親しんだものの中にいないと不安がる、という気がするのだ。そこへ行くと女性は逞《たくま》しい。身のまわりのどんな変化にも、平気で馴《な》染《じ》んでいってしまう。

少くとも、味に関してはそれがはっきりしているのではないだろうか。男性は、未体験の新しい味に臆病であり、そのうまさを理解することに消極的である、と私は思う。二十歳ぐらいの若者に、珍しい味の料理をおごってやると、ほとんどの者が、たじろぎ、びびる。どうにか食べても、好きじゃないなあ、というような顔をしていることが多い。（もちろん、例外も数多くあるが、平均して言っている）

そこへ行くと女性は、大胆と言おうか、怖いもの知らずと言おうか、食い意地が張っていると言おうか、割に平気で目新しいものを食べる。そして、おいしいわ、などとすぐに認める。（これは、ゲテモノ料理を平気で食べる、という次元の話ではない。未体験の新しい味に対する態度のことである）

別の言い方をすれば、一般にある男性が好む味は幼少期に体験したものの範囲にとどまっていることが多く、それ以外に対しては臆病である。つまり、味に関して保守的なのだ。

考えてみれば、「おふくろの味」なんてことを言いだすのは男なのだ。若い男が「おふくろの味」のきんぴらで酒を飲んでいる時、若い女性はエスニック料理にチャレンジしている。その度胸たるや蛮勇《ばんゆう》と呼ぶに足るものがある。

いや、この話に結論はない。だからどうだ、と言いたいわけではない。ただ、味ということについて考えてみただけのことである。

ところで、白状してしまうと私ももともとは新しい味に臆病なほうである。いい年になってからも、マカロニのクリーム煮が苦手だったり、ほやが食べられなかったりした。

しかし、幸いなことに私は酒に酔ってしまうと蛮勇がわいてきて、何でも食べられるようになる、という習性を持っていたのである。酔ってしまえばこっちのもの。ほやでもムカデでも持ってこい、という感じで、そのおかげで少しずつ食べられる味のレパートリーが増えてきたのだ。

ただ、その私にも、どうしても好きになれない味というものは、もちろんある。東北地方の、白南田《しらなんだ》という街で食べた寝藁団子《ねわらだんご》というものも、そのひとつであった。

まず土地の人にきかされるのは、この寝藁団子がどんなにうまくて、どんなに人々に愛されているか、という話である。この街では祭りや祝い事の時には必ずこの寝藁団子を作って食べ、大人も子供も顔をくしゃくしゃにして喜ぶのだという。それどころか、この地方では物事が万事滞《とどこお》りなく順調に進む、ということを「団子こぐしねい」と言うのだそうで、つまり、団子をこしらえなければならない調子、というわけである。それほどまでにこの寝藁団子は珍重されているのだ。

で、その団子とは一体どんなものか、ということになるが、これがありていに言えば、腐りかけた藁をしぼって丸めたものなのである。

まず乾燥した藁を四、五センチの長さに切って、それを風通しの悪い室《むろ》のようなところへ入れ、泥水をかけて一週間ほどおく。すると自然に発酵《はっこう》して、異臭を放ちつつ、熱を持ってぽかぽか暖くなってくる。そうなったところでこれをさらしで包み、力いっぱいしぼるようにして、水気を抜く。こうして作った子供の拳《こぶし》くらいの大きさの団子に、青海苔《あおのり》の粉をまぶしたのが、寝藁団子というわけである。

その不思議な団子を勧《すす》められて私も食べてみたのだが、これには本当に閉口した。まず口もとへ持ってくるだけでプンと異様な匂いがする。それには目をつぶって思いきってかじってみると、ふがふがした繊維《せんい》質の舌ざわりが口の中に広がる。味など味わっている余裕は全くない。口の中が腐った藁に占領され、それは噛んでも噛んでも噛み切れず、ただやたらにもがもがするばかりである。異臭に舌が馬鹿になりそうだ。

口の中に入れた分だけを、目の端《はし》に涙をにじませてやっとのことでのみ込み、私はそれ以上食べるのを勘弁してもらった。土地の人々は不満そうな顔をして、

「こげなうまかもんはねえのだっぺすのいがなあ」

と言う。

しかし、よく考えてみて私は愕然《がくぜん》とした。藁を発酵させ（つまり消化して）、養分をしぼり出して、拳大にまるめたものは要するに馬糞とほとんど同じものではないか。寝藁団子とは、馬糞団子にほかならない。そう思うとやっとのことでのみ込んだ分が胃の中で体操の床運動をやっているような気分になった。げふ、と馬糞臭いげっぷが出た。

そんなわけで、世の中には信じられないような食べ物もある。私も、あの寝藁団子だけは生涯に二度と食べたくないと思う。

こう書くと、私が東北地方の食べ物を嫌っているように受け止める人もあるかも知れないが、そんなわけではない。かの地には、うまいものが沢山あることを私は知っている。反対に、一度京都で食べた「ねくじら汁」というのは、寝藁団子に勝《まさ》るとも劣《おと》らないとてつもない味のものだった。それを食べてから三日間というもの、私は砂糖と塩の味を舌で味わい分けることができなかった、というほどである。しかしまあ、その「ねくじら汁」の細かい説明は省略しよう。煩瑣《はんさ》になるし、読んだだけで胸がむかむかしてくる人がいるかも知れないからである。

世の中にはとてつもない味があるものだ、ということが言いたかったのである。そして、あらゆる味のものをすべてうまいと感じることは一人の人間には不可能である。うまいと思うものもあり、まずいと感じるものもある。これはうまいのだ、と、自分の味覚を他人に押しつけることは無意味である。そう思っている点で、私は今はやりの料理評論家よりはましであると思うのだがどうだろう。

休憩の無駄話がとんだ方向へ脱線してしまった。折角うまい料理の作り方を書いているのに、まずかったものの思い出になってしまったのは計算違いである。

あわてて言い訳をするのだが、ここで作っている「ブガロンチョのルノワール風マルケロ酒煮」は、そういった特殊な料理ではなく、まあ十人中十人が、おいしかった、と言いそうな名作である。信用してもらいたい。

そうだ、この料理について説明しておくことがひとつ残っていた。名前にある、マルケロ酒のことである。

マルケロ酒は、地中海に浮かぶマルケロ島で作られる酒で、ワインの一種と言ってもいいが、葡萄《ぶどう》から作るのではない。それは、アタマンダという、キーウイとトマトのあいの子のような果物から作る。つまり外観はトマトのように赤いが、切ってみると中は美しいグリーンで、黒い小さな種がぽつぽつあるもので、そのままデザートに食べてもおいしいものである。

ただ、このアタマンダは収穫するのがちょっとむつかしい。というのは、アタマンダは非常に敏感な果物で、その実をもごうと人間が畑に近づくと、足音や気配からそれと察し、熟《う》れた実が枝からポタポタ落ちてしまい、地面に当たってべちゃっ、と潰《つぶ》れてしまうのである。

そのため、この実を収穫する時、この島の住人は、全身を真っ黒な衣裳で包んでその上に覆面をし、スポンジ製の底の靴をはいてゆっくりゆっくり這《は》うように畑に忍び寄っていく。焦って物音をたてたらおしまいだから、何時間もかけて慎重ににじり寄っていくのだ。

もしそんな時、隣のマリオか誰かが、

「やあ、アントニオでねえか。そんなところで何してるだ」

と言ったらパーである。熟した実は一斉にポタポタポタのべちゃ、べちゃ、べちゃっ。

そういう珍しい果物から作られたワインだから、非常に珍重されていたのだが、聞くところによると最近は収穫用のロボットが発明され、いくらかは手に入りやすいものになっているそうだ。

と、そんな話をしているうちに休憩時間の三十分が過ぎた。ブガロンチョのほうはまだあと三十分煮なければならないのだが、この時間を利用してオードブルとサラダを作ってしまおう。

　まずオードブルだが、こってりと煮込んだブガロンチョとの対比からも、ここはひとつあっさりと、口に爽《さわ》やかなものがいいだろう。そこで、「水晶魚《うお》の冷製」という、冷たいオードブルにしてみよう。

　英語でクリスタル・フィッシュというこの水晶魚については、名前ぐらいは知っていても実際の姿を見たことがない、という人が多いのではないだろうか。それもそのはずで、この深海魚は滅多に漁師の網にかかることがなく、従って魚屋の店先に並ぶこともない。確か、水族館でも飼育がむつかしくてどこも置いてないはずだ。

　その水晶魚を、たまたま妻の実家でもと下男をしていて、今は道楽半分の漁師をしている源さんが持ってきてくれたので、それを料理してみようというわけだ。

　この魚はその名の通りほとんど透明で、水晶のような色と形をしている。映画版の「スーパーマン」で、スーパーマンが赤ん坊の時地球へ送られるのだが、両親はその彼に青い水晶のような棒を持たせた。その水晶棒にはどういう仕掛けなのか知らないが、必要な情報がインプットされているのだ。

　水晶魚はあの映画の水晶棒とよく似た形をしていて、あれに背ビレ、尾ビレをつけたものだと考えればよい。大きさはいさきぐらいだ。

この魚は網にかからないと言ったが、それは深海の海底にへばりつくように生息しているからだ。身は淡白だがコリコリと歯ごたえがあり、噛んでいると何とも言えないうまみが口の中に広がる。その味はフグの遠く及ばないところである。網にかからない魚がどうして捕れるのかと疑問に思う人もあるだろう。もちろんそれにはわけがある。

同じく深海魚で、チャックあんこう、という魚がある。その名の通り、大きな口にチャックがついている珍しい魚だ。普段はチャックを閉じているのだが、腹がへるとジーッとチャックを開けて大口をあける。口の上下のチャックの金具が暗い海の底でキラキラ光るのはよく目立ち、それに誘われて小魚などが寄ってくる。そして、口の中に何匹かの小魚が入ったところで、いきなりチャックあんこうはチャックをジーッと閉じてしまうのだ。

水晶魚はどうもそのチャックあんこうのチャックの誘惑に弱いらしく、よくそいつの腹の中に入っている。そして、表皮がクリスタル質だから腹の中でも二、三日は消化されず生きているのだ。

このことを知っているから、漁師はチャックあんこうが捕れるとすぐさま腹を裂いてしまう。そして、中に水晶魚の二、三匹も入っていたら大喜びである。高級料亭へ、かなりいい値で売れるからである。

さて水晶魚を料理しよう。まずは三枚におろして、薄造りにするのだが、水晶魚に限らず、魚をさばく前に必ずしなければならないことがあるのだが、おわかりだろうか。それは、庖丁を研《と》ぐことである。冗談を言っているのではない。切れない庖丁でうまく魚がさばけるはずがないのだ。これは男の料理だから細かいことは言いたくないのだが、庖丁研ぎだけは面倒でもしてもらいたい。慣れてしまえばそう大変な作業ではない。

そうやって、よく切れるようになった庖丁で水晶魚を三枚におろして皮を引く。そうしたら、身を一枚ずつラップで包んで冷凍庫へ入れておく。一時間ほどでそれは、半冷凍の状態になる。それから薄造りにする、というのが、素人でも簡単にできる薄造りのしかたである。

だから実は、そこまではブガロンチョにとりかかる前にやってあるわけだ。そこでおもむろに冷凍庫から半冷凍状態の水晶魚の身を取り出し、ラップをはずして、庖丁でそぐように薄造りにする。固めのシャーベットのような切りごたえになっているから容易に薄く切れるはずだ。

切ったらそれに、りんご酢《す》か何かのフルーツビネガーをふりかけておく。

次に、柿を一個用意し、それの皮をむいて四つに切って種をとる。それを七ミリくらいの厚さに切って白い皿の上に並べる。

柿ひと切れの上に薄造り一枚、という具合に水晶魚をのっけていって、この料理はほぼ完成である。透明な水晶魚の身を通して、下の柿の色が見えて実に美しいものである。

この上に、りんご酢とレモンのしぼり汁と塩少々を混ぜたドレッシングをまんべんなくまわしかける。仕上げは、クレソンの先っちょを指でつまんで上に飾るとしよう。こうすれば緑も加わって一層見た目に快い。ここまでくればなぜこれを白い皿に並べるのかの理由もわかるであろう。この料理では、色も味のうちなのである。

これを食べる時には、好みによって醬油をちょっぴりかけてもよい。私としてはその方が好きである。

以上で、「水晶魚の冷製」はできあがり。すぐ食べるのでなければ、必ず食べるまで冷蔵庫へ入れておくのを忘れないように。

このあたりで一度ブガロンチョのほうのふたをとって状況を見ておこう。いい色具合になって、ぐつぐつと煮えているはずである。ここで味を見て、好みによって塩を足してもよい。

もしこの時、火加減が強すぎたり、ふたをして煮るのを忘れていたりして、すっかり汁がなくなって焦《こ》げつきそうだったらどうすればよいか。簡単である。マルケロ酒をドボドボと足すだけのことだ。料理なんてその程度の大ざっぱな気持でやればいいのだ。

料理が趣味だ、という人物は沢山いる。工作のような面白さがあり、微妙なコツがあって上達の楽しみが味わえ、その上うまいものが食べられるのだからこんないい趣味はないと思う。

後醍醐《ごだいご》天皇の知恵袋といわれた河田股勝《かわたのまたかつ》も、その政治能力とは別に、料理を趣味とした人物で、その腕前は名人級であったという。そんな時代のことだから、普通なら山の芋《いも》とかのし鰒《あわび》とか、豆、栗、人蔘《にんじん》などといった粗末な材料しかなかったはずだが、彼はいろいろ工夫して新しい料理を創造する才にたけていた。

股勝が考案した料理は、彼があまりにも傑出した天才であったため同時代人に真似できず、今日に伝わっていないのが残念である。だが彼の「無明夜抄」を読むと、今から考えてもなかなかうまそうなものを作っていたことがわかる。その一節を紹介してみるが、もちろん原文ではわかりにくいので、思いきって意訳してみた。

「天皇様から何か珍しいものが食べたいと言われたので、ここは頑張りどころと思い、最新作をご披露《ひろう》した。これは、芋と百合根《ゆりね》をじっくりと煮込み、私が庭に特別に栽培している非常に辛《から》い香辛料をどかっとほうり込んで、ペースト状になるまでぐつぐつと煮たもので、色は黄色である。これを、別に炊《た》いためしにぶっかけて、ピクルスなどを添《そ》えてふーふーいいながら食べると、その辛さがピリリと舌を引きしめてなかなかいけるのだ。私はこれを辛いライスと呼んでいた。ライスは雷素で、ピリピリした素《もと》、という意味である。ところが天皇様がこれを大変気にいって下さり、以後これを股勝汁と呼ぶようにとのお言葉があった。光栄なことである。本当は股勝汁ではいかにも野暮《やぼ》ったいと思うのだが、いや、それでも光栄なことである。しかしながら、以前に私が羊の乳で海老やあさりなどを一昼夜ことこと煮込んだ料理を作った時、私はそれにグラグラ煮込むからグラグラ歎《たん》という名をつけていたのに、天皇様は股勝煮という名前にしてしまった。光栄なことではあるが、なんともはや、工夫のないことである」

驚いたことに、どうやら河田股勝はその時代に、今のカレーライスに似たものを作っていたらしい。実に天才というものは常識のワク内では捉《とら》えきれないものである。などと無駄話をしているうちに、ブガロンチョの煮あがる時間が迫《せま》ってしまった。いそいでサラダを作ることにしよう。

今日のサラダは非常に簡単。マルケロ酒で煮込んだ料理にはグリーンサラダが合うので、私が特に「野原のサラダ」と名づけたところの野草サラダにする。材料はすべて、庭や、近くの川べりの土手で採ってきたものばかり。

まず、タンポポの葉の柔らかいところ。次に、お茶の新芽。この二種類はどうしたって欠かせないところだ。あとは好みに応じていろいろ足せばいい。家の近くの土手に生えている野草の種類も、地方によって差があるだろう。

私が入れるのは、まず蓬《よもぎ》、それから蓼《たで》、及び蓼食う虫、ペンペン草、ねこじゃらし、いぬふぐり、こんなところである。これらをよく水であらって、よーく水をきる。回転式の水きり器を持っていない人は、ペーパータオルで包むようにして完全に水気を取ってほしい。なぜなら、サラダを作る時のコツはただひとつ、よく水をきる、ということにつきるからである。そうすれば、野菜はしゃきっとしているし、ドレッシングの味も薄まらない。ところが、かなりの高級レストランでも水きりが不十分なサラダの出てくる時がある。ドレッシングは水っぽくなるし、レタスなどはおひたしのようにぐったりしている。これはよくないのだ。

よく水をきった野草の上に、ドレッシングをかける。ビネガーとサラダ油を混ぜたドレッシングに今日は、細かく割った胡桃《くるみ》、どんぐり、椎《しい》の実、柿の種などを入れる。塩、コショウは好みに応じて適当に。

さあ、サラダもできた。ブガロンチョのほうもちょうど煮えている。

ブガロンチョの鍋の火を止め、ぐるぐる巻きの肉を取り出し、庖丁で四つに切る。一切れずつ皿に盛り、鍋の中の煮汁を上からたっぷりとかけよう。玉ねぎやセロリのくたくたも、構わずかけてよろしい。

いよいよ、食べる時がきた。気取ってないで、オードブルもメインディッシュもサラダも、いっぺんにテーブルに並べてしまう。そして、赤ワインを抜く。

ここで、ワインの銘柄をいわくありげに書くほど、私は嫌味な人間ではない。甚《はなは》だしいのになると、何年物がいい、なんて、年代まで決めつけるのがいるが、ちゃんと値段を調べて書いているのだろうか。とにかく、ワインでうんちくを傾けるのはろくな人間ではない。適当な赤ワインを一緒に飲みましょう、でいいのだ。ワインで唇をしめしてから、改めてテーブル上を見る。

メインディッシュは「ブガロンチョのルノワール風マルケロ酒煮」。マルケロ酒の色がしみ込んで肉がいい色になっている。

オードブルは「水晶魚の冷製」。

サラダは「野原のサラダ」。

非常に満足な気分である。では、いただきましょう。

いわゆるひとつのトータル的な長嶋節

1

野球解説者長嶋茂雄の言葉に耳を傾けてみると、これがなかなか面白い。実際に行われているプレーを解説しているだけなのに、その言葉からは彼の考え方や、価値観がうかがえるのである。

一般的には、長嶋の言葉というのはあまりにもムードに流れすぎていて、非論理的で、何がいいたいのかよくわからない、と思われているようである。いわゆる、とか、ひとつの、ですから、などという曖昧な言葉がやたらにはさまるうえに、センテンスが長く、話がずるずるとつながって最初の主語と後半の結論の間には何の関係もなかったりすることさえある。だから長嶋は論理の人ではなく、感覚の人なのだ、と思われている。

だが、そうでもないのではないか。

よく聞いてみると、長嶋の言葉は決して感覚だけで、いわゆるフィーリングで喋っている人間のそれではない。感覚だけでものを言うとは、たとえば一部の女性などにその傾向を見ることができるのだが、なぜそうなのか、を問わないで、結論だけを述べようとするものである。

「だからー、そこんとこがいろいろとアレなわけじゃない。頭へ来ちゃったりするわけでしょう。もうかまってらんないやって、思ったりするのわかんないかな」

そんなことわかるか、と言いたくなるのが正しい。理由を言わずに気分だけ並べられてもこまるのである。

これに反して長嶋茂雄の言葉は、論理的に説明しようという努力に満ち満ちている。

たとえばアナウンサーが、原の不振の原因は何でしょうと長嶋に尋ねる。

「それはその、どうなんでしょう。なかなかにひとつの明解なですね、端的にこれだと決めつけた答を出すことはいわゆるディフィカルト、むつかしいことなんですが、ひとつ考えられるのはその今盛んに言われている腰のアクシデント、それが我々が思っている以上に悪いんじゃないかということも、考えられるわけですね。そういうところから原君自身もその、自分でどうにもならないジレンマといいますか、苦悩を抱えている。それがまた次のバッターボックスに入った時に気持ちの迷いになっていわゆる悪循環といいますか、そういう、悪い方向へとことさら傾斜していってしまうというですね、そういう一面があるようにも見て感じられるわけなんですね」

この上はないほど論理的な説明ではないか。とにかく解説者長嶋茂雄は最大限の努力をして、ものを論理的に説明しようとしているのである。

ただ、論理的なのに意味がわかりにくいのは、伝えようとしている内容があまりにも高度だからである。

長嶋が天才であり、感覚の人であるというのはその部分である。原がなぜ打てないかと問われた時、彼の頭の中にはその答が完璧にあるのである。言葉以前のものとして、わかっているのだ。

そんなのは、原のバッターボックスでの構え方、守備の動き、歩き方、顔つき、それらを見ているだけで長嶋にはわかるのだ。スパイクシューズのひもを結ぶ動作を見ているだけで、あ、今度はヒットを打つな、とわかるくらいなのである。感覚であり、直観であると言われているのはその部分である。天才だけが持ちうる特種な能力と言ってもいい。

ところが、選手時代にはその動物的勘でプレーをしていればそれでよかったのだが、解説者としてはそれではいけないと、誰よりも長嶋本人が強く思っている。彼は本能的にわかっている非常に高度なことを、なんとか説明しようと最大の努力をする。可能な限り論理的に教えようとするのである。

「ええまあ、確かにベースボールプレーヤーというものにはですね、おっしゃるような一面があるんですが、同時にまたそれだけではなくてですね、いわゆるデリケートなと言いますか、細かいその、ナイーブな面があることもまた事実なんですね」

長嶋茂雄がこう語る時、本当は彼は野球選手の人間学、心理学、社会学、それらすべての混じった全体的事実について教えようと努力しているところなのである。

しかし、彼がわかってしまっていることはあまりに深くて、彼の言語能力ではとてもすべてを伝えることはできない。言語能力が低いのではなく、伝えたい内容が高すぎるのである。それはたとえば、アインシュタインが、今考えていることを中学生に説明しなければならないのと似ている。しかもアインシュタインが、適当にはぐらかそうとせず、可能な限り論理的にそれをしようとしたら、中学生としては面くらうほかはあるまい。長嶋茂雄の解説とはそういうものなのである。

原がなぜ打てないのか何もわからないのに、

「四番打者としての自覚がないからですよ」

と言っている解説者とは全くレベルが違うのである。

言ってみれば長嶋は、わかりすぎてしまう悲劇を背負っているのだ。彼が野球技術について語る時、それは大人が子供の目の高さに合わせるためにかがみこんで、なんとか子供にわかる言葉でものを教えようとしているのに似ている。

そして、そんなに苦労しているにもかかわらず、凡人には長嶋の言いたいことが、さっぱりわからん、のである。

2

ここではもっぱら解説者長嶋茂雄について考えている。野球選手長嶋茂雄や、監督長嶋茂雄、文化人長嶋茂雄、父親長嶋茂雄などについては触れていない。そして彼の解説の言葉から、その思考法を探ろうという試みをしている。

どういう理由なのかよくは知らないが、長嶋が野球中継放送に出てくる時、彼は解説者ではなくゲストと呼ばれている。しかしやっていることは結局解説であるから、ここではそういう時の彼のことを解説者長嶋茂雄と呼んでいるのである。

ところで、野球解説の言葉なんて、誰のものでも似たりよったりではないかという人がいるかもしれない。ピッチャーの調子のよし悪し、バッターの心構え、ちょっとした作戦などについて適当にコメントするだけのものだから、誰でも同じようなことを言っているんだろう、というわけだ。

しかし、そうでもないと私は思う。似た内容のことを語っているとしても、ちょっとした言い方のニュアンスの中に、その解説者の人間性がにじみ出ているのである。言葉というものには、その人の野球観や思考法がかなりくっきりと反映されているものなのだ。

たとえば、ここで何人かの解説者の物真似をやってみよう。文字だけでやる物真似だからなかなかむつかしいが、読者は頭の中にその解説者の声を思い浮かべて読んでほしい。言いまわしや、選ぶ用語などから、少しはその人らしさが想起できるかもしれない。

〈荒川博〉

「あんなんじゃ打てやしないやね。スピート、についていけないですよ」

〈野村克也〉

「ですからね、考えて野球やってるのかどうかなんですよ。頭を使わずにただバット振ってるだけじゃ一流の選手にはなれませんわね」

〈張本勲〉

「球を打ちにいっちゃってるでしょう。そこが問題じゃないかと思えるんですね。私は気持ちの問題だと思いますよ」

〈鈴木啓示〉

「今の若い選手はそうなんかもしれませんねえ。ま、私らにはついていけませんけども」

〈金田正一〉

「これだけ沢山のお客さんが見に来て下さっているんだから、いいプレーをお見せしなくちゃいけません。それがプロですがな、違いますか△△さん」

〈堀内恒夫〉

「要するに何も考えてないんですね。だから打たれちゃうんです。これじゃ監督もたまりませんよ」

〈江川卓〉

「いや、采配ミスというんじゃなくて、結果がどう出るかはまた別の問題ですから、それはそれでいいと思うんですね。ただ問題なのは選手のほうにそれが伝わってるかどうかなんです」

〈江本孟紀〉

「はは。言ったとたんにやってますよ。ここで言ってるのが聞こえたんかな」

〈小林繁〉

「もちろん××投手も、相手が内角低めに弱いというデータは当然入っているんですが、ただそこへ何パーセントの確率で投げられるかが問題なんですね」

〈谷沢健一〉

「私だったらですか。私だったら当然ホームラン打ってるでしょうね。ふへへへ」

〈広岡達朗〉

「いやあ、なかなかセンスのあるいい選手ですよ。ほんとほんと。そう思いますって。ただまあ、野球のセオリーが理解できるだけの頭があるかどうかが問題ではあるんですけど。へっ」

〈松本匡史〉

「そうですね。……」


こうして並べてみるだけでも言葉には人間性が出ることがわかってもらえるだろう。野球解説者の言葉には、少なくとも彼の野球観がもろに反映されている。そして時には、性格や根性や頭のレベルまでにじみ出ていることだってあるのである。

3

長嶋茂雄の言葉を考える上で、彼とは対照的な人物と対比させるという方法をとってみよう。その人物とは、解説者村山実である。

現役選手時代の長嶋と村山は、まさに宿命のライバルであった。彼ら二人が、日本プロ野球史に残る数多くの名場面を作り出したことはあまりにも有名なことで、ここで私が繰り返すまでもないことだ。

また、長嶋にも村山にも、監督であった、という時期がある。しかし、ここでは監督としての彼らの能力がどれほどのものかということは問題にしない。

二人の、解説者としての発言だけに注目してみることにする。そして、二人をその点で対比してみると、見事なまでに対照的というか、正反対なのである。

たとえばさっきの、原の不振についての長嶋の解説だが、あのあと彼はこう続ける。

「しかしそうは言っても原選手もですね、やはりその恵まれた資質を当然持っている選手ですから、自分で自分の体調、コンディション面をコントロールしていく技術というものは当然持っているわけですね。そういうところからひとつ彼なりの調整といいますか、スランプというものを克服していく努力は当然見えないところで大いにやっているわけですから、いつまでもこの状態ではありません。必ず調子をあげてくると、それはまあ期待していいわけですね」

これに対して解説者村山実は、原はなぜ打てないんでしょうと問われると、暗く沈んだ声で、情なくて腹立ちすら覚える、という調子で答えるのである。

「ここまできたらもう、技術とかそういう問題ではないですわな。自分が巨人軍という伝統あるチームの四番打者であるという、その自覚の問題でしょう。その自覚がなかったらいっくらトレーニングしてもチームを引っぱっていく力というもんは出てこんのですよ。今の巨人の選手は全体的に、その気構えが欠けているように、私なんかには見えてそこが残念ですわねえ。チームの中心選手というものは、そういうところで率先してやっていかないかんのですけどねえ。私らはともかくそういう、自分がやらな、いう気持ち的なものだけは持っておったものですけどね」

長嶋が、たとえ不調の選手の話であっても、話をなんとか明るい、希望ある方向へ持っていこうとするのに対し、村山はとにかくもう情なくて話にもならん、という方向へひた走るのである。どこどこまでも沈んでいくのである。

長嶋は、プラスの側へ発想し、村山はマイナスの側へ発想する、と言ってもいいかもしれない。そういう意味で、このかつてのライバルは対照的なのだ。

満塁のチャンスに中畑が簡単に打って出て併殺をくらったとする。長嶋はこう言う。

「うーん、アンラッキーですねえ。実にその、間が悪いって言いますか、ジャイアンツにとっては不運なことになったわけですが、でもこれは決して中畑君が悪いというわけでもないいんですね。打球そのものは鋭いいい当たりで、ボールを完全にバットの芯でとらえていましたから。飛んだ方向がひとつ違えばこれはヒットになっていたわけですね。ただ、たまたまその打球が野手の正面へ行ってしまったと、そういうことなんですね。まあそういう偶然的な要素もまた、野球のひとつの面白さでもあるわけですね。え。いやそれは構わないんです。初球から打ちにいったということはその、ピッチャーは前の打者にフォアボールを与えてますから、当然まずストライクをとりにくる、そこを狙って積極的に初球から打って出るという、ひとつの野球のセオリーにもかなっているわけです。たまたまそれがこの場合、結果的にこういう形になって出てきたわけですが、うーん、これを中畑君のミスだと呼ぶことはやっぱりどうなんでしょうか」

同じ時村山はこう言う。

「うーん、いけませんなあ。あのね、最近の巨人の試合にはこういうケースが多いですわね。チャンスを作ってもなかなかそれをものにすることができない。攻撃がどうもちぐはぐになっていくんですな。ここぞという時の集中力が欠けているのかもしれません。え。それはもちろんそういう面もあります。ここでチームのムードをぐっと高めていかないかん時に、簡単に初球に手を出してムードに水をさしとるわけですから、盛り上がってきたものがいっぺんに冷えてしまいますわね。ことに今のような場合、ピッチャーがストライク入らなくて苦しんどることがわかってるわけですから、満塁でもあるし当然見ていかないかんですわね。どうも最近の巨人にはそういう大切なとこでの勝負弱さというか、なんかそういうものがありますわね」

攻撃がうまくいかなかった場面の解説であれば、当然話がお叱り調にもなるだろう、と言われるかもしれないので、攻撃がうまくいった場合を想定してみよう。チャンスに篠塚が三遊間を破るヒットを打って1点入ったとする。

「うーん、実にどうも、こういうところがさすがに篠塚君ですね。外角寄りのボールをちょこんとひっかけるようにして、あそこへ持っていくわけですが、彼にはそのテクニックが完全に体に入っている、一〇〇パーセント自分の技となって身についているんですね。あれはなかなかほかの選手に真似しろと言ってもできない、ひとつの彼の才能と言っていい技術でしょうね」

しかし、こんな時でも村山実はこう言うのである。

「たまたま点が入ったわけですからそれでいいようなもんですが、もしランナーが一塁にいたんやったらあの打球では三塁へ進めませんわね。だからここは、右方向へ打っていくのが常識的なわけですわね。ま、確かに篠塚は非常に野球のうまい選手ですけど、ちょっと不満なのは故障が多いでしょう。腰が痛いとか手が痛いとか言ってよく休む。本当の一流選手だったら一年休まんと出場せないきませんわねえ」

どっちにしたって村山実はマイナスに思考するのである。そういう考え方が、解説者としての村山の人格そのものなのである。

これは別に、村山がよくないと言っているわけではない。長嶋がよいというのでもない。ただ、あまりにも違うので、その違いが面白いと言っているだけだ。

もちろん、現役の投手であった時の村山実が、素晴らしい選手で、その姿には一種の美が漂っていた、という事実とも別の視点からものを言っている。長嶋についても同様である。

長嶋はプラスに発想し、村山はマイナスに発想する。ここでひとつだけ、あえてどちらの考え方のほうがよいかを述べるならば、たとえば彼らが教育者、つまり学校の先生だったら、長嶋型のほうがその職にはふさわしい。どんな時でもプラスに考えてやるというのは、子供に対しては非常によい教育効果を発揮するのである。

だが、二人は解説者なのであって教育者ではない。だからどっちがいいとは言えないのである。

4

とは言うものの、どうせここまで考えたのだから、仮に彼らが先生だったらどんな発言をするか、というのを考えてみようか。

成績が大きく下がってしまった生徒に対して長嶋茂雄はこう言うであろう。

「うーん。どうしちゃったんだろう。成績がほら、こんなに下がっているんだけども、まあそれは確かに、人間誰だって調子がどうも出ない、スランプだ、という時もあるんだからね、きみの場合もいわゆるそういうことかもしれないと先生思うんですね。まあこれは先生見てて思うんだけど、うーん、きみは本当はやればもっとできる、成績が上がって当然というひとつの基本的な学力的なものを十分に持っているわけで、ただどうなんだろう、それがひとつ結果的な面に出てきてないだけなんですね。ですからやればできるはずなんです。もう少し努力をしてみるというね、そのことが先生、きみのトータル的な学力を大きくのばすことになると信じているんだ。うん。まあ、この話はこれくらいにしようね。とりあえずその元気で、明るく学校のですね、生活を楽しんでいってほしいと、先生は思っています」

村山先生のお話。

「そこへすわりーや。うーん、いかんなあ。これ、国語が4から3になっとるわな。それから、算数が、4から2だわ。えーと、理科はもともと3か。どっちにしても、かなりの落ちこみだわな。どうしちゃったんや。え、勉強が嫌いになったんか。なんかそういう理由があるんかいな。な。自分でも、成績落ちとるいうことはわかってるんやろ。これだもんなあ。社会も2になってしもとる。何かあったんか。え。勉強嫌いになるような理由があるんか。やる気がなくなってしもたんか。うーん。これ、大ごとやで。この通知簿、お母さんに見せたらお母さんガッカリするで。そうやろ。それはわかっとるんやな。そんで、どないする。え。お母さんがガッカリしてもかまわんか。勉強したないもんしょうがないか。そうやな。やらなしょうがないやろ。小学生は勉強するのが仕事や。それはわかっとるやろ。それがわかっとらんなら学校へ来ることもあらへんわな。その、気持ちの問題やで。自分は小学生で、勉強するのがあたり前やいう気持ちが薄れとったんや。それではしょうがないわなあ。このまんまやと、きみの人生の将来真っ暗やで。ええことひとつもあれせんで。どん底やで」

やっぱり村山実は学校の先生にならないほうがよさそうである。言われた生徒がとことん暗くなってしまうような発言をしそうだ。

もちろんこれは遊びである。二人は野球について、ああいう対照的な解説をするのであって、野球以外のことについてはまた別の価値観を持っていて、別のことを言うだろう。

でも、なかなか面白い遊びではある。長嶋的プラス思考と、村山式マイナス思考でいろんなことについて語ってもらうのは案外興味深いことだ。

たとえば、リクルート疑惑についての二人の解説。

「いやいやいや、そういうむつかしいことをきかれましてもですね、私はいわゆるその門外漢的な立場にいるわけでして、どうなんでしょう、ダイレクトに核心に触れるようなことが言えるわけではないんですが、ただひとつ思いますのはですね、一般に世間の皆さんはそれをけしからぬことだ、世も末である的な政治の腐敗という構造のワク組の中でとらえていらっしゃる、そういうひとつの共同のとらえ方があるわけですね。新聞、テレビ、週刊誌等、いわゆるマスコミの論調もま、おおむねそういうロジック、そういったところから書かれているんですが、さてどうなんでしょう。もちろんその政治の腐敗はいけません。それはあってはならないことなんですが、それと同時に、私たちがそれを知りえたというですね、不正が行われた時に国民にそれが知らされるという我々の社会ですね。そこには非常に大切な、デモクラシーと言いますか、民主主義的な希望があるという点では、私はむしろほっとすると言いますか、ひとつの安堵を持っているわけです。不正は見逃されないんだ、というところに希望を持ちたいわけですね」

「今さら、という気がしますわね。どう言うんですか、政治の腐敗ね、金権政治。そういうもんは今ここで初めて出てきたもんではないでしょう。そういうのは政治の世界では何度でも同じこと繰り返しとるわけですわね。そのたんびに、けしからん、責任とれ、ということをやっているわけですけど、何度でも似たようなことがおこるわけで、要するに政治家の人間性の問題でしょう。仰山お金かけて選挙して、当選したらもと取ろいうような考え方が違ってますわね。そこらの考え方が、伝統ある日本いうもんを、どんどんおかしな方向へ持っていってってるような気がしますね。ここらでいっぺん考え直さんとどうにもならんのと違いますか」

うーむ。政治評論家には、村山実のほうが向いているようである。あ、そうか。政治というものはいつも不満を持っていて、叱りつけてやっていなければどうしようもないものだからだ。

5

本能寺の変で、織田信長が光秀に殺された事件について、二人の話をきいてみよう。

「それはもう、とりかえしのつかない悲劇であるとしかですね、言えないんじゃないでしょうか。織田信長という人はまあ、これは天才と呼ぶしかないというその、偉大な偉人であったということは間違いないわけですし、そういうですね、才能がこういったいわゆる悲劇的な事件によって失われたことの損失というものは、計り知れないものがあるわけなんですね。しかしながらまあ、我々はこの日本というカントリーに生活している、またその、していかなきゃいけないというですね、ひとつの宿命的なものの中にあることもまた事実ですし、そういったヒストリー、歴史ですか、その中でも生活は繰り返されていくという事実的な面もあるわけです。そういった意味では、まあその、織田信長は殺されましたが、我が日本のヒストリーは永久に不滅であると言っていいんじゃないでしょうか」

「惜しいという、その一言ですな。私は織田信長という人の才能には目をつけていたんです。並の人やないですわな。そういう人が、どうして殺されるようなミスをしたんか、いうことです。その、明智光秀をいろいろといじめたとかね、まあ噂は聞いていますけど、それが原因だとしたら天才らしからぬミスですわな。そんなことで死んではどうにもなりませんがな」

日本の敗戦について、短くコメントしてもらおう。

「今日、我々は敗戦という悲劇をむかえたわけですが、我が日本は、永久に不滅です」

「こうなる前に手をうっておかないかんですわな」

その件について王監督にコメントを求めたら、少し勘違いなさったようだ。

「確かに今年のうちはいろいろ、その、戦力的にね、過渡期の状態にあったということもあって、ファンの方に申しわけないこういう結果になってしまったわけですが、選手たちはそのことに気がついていますから、ええ、来年はやってくれると思います」

菊池桃子がアイドルからロック歌手になってしまった件について。

「よろしいんじゃないですか」

「何かになる、いう以前の力しかないわけでしょう」

財テクブームについて。

「うーん。どうなんでしょう。ある程度のですね、趣味的な範囲内でひとつの楽しみとしてやる程度なら、なかなか楽しいかもしれませんね。ですけど、そのマネーゲームが、トータルライフ的な人生の目標になってしまうというのであれば、それはやはり寂しいんじゃないでしょうか。ほどよくやっていくという、ひとつの理性的なコントロールがあればいいんですが」

「人間の幸せはお金では買えませんわね。そこのところが、どうもわかってないと違いますかな。自分の情熱がうちこめるものを持つというのが、大事なことですわ。金ではないと思います」

黒木香について。

「何ともこれは、私の知らない分野の話題ですから、いやいやいや、本当に、答えようがないんですが、やはりひとつ時代性というものは変化していきますから、私たちには一見理解できないような新しいタイプのパフォーマンスが出てくるという、そういう一面は否定できないことではないでしょうか。いや。ですから決してあってはならないことだとかですね、そういうことは言えないわけですね。ま、そのくらいで勘弁して下さい。いやいやいや、どうも」

「ついていけませんわな。ついていきたいとも思いませんし」

この件についてはダイエーの香川と、巨人の水野と、西武の工藤にもコメントを求めてみた。

「でへへへへへ」

「でへへへへへ」

「でへへへへへ」

もとに戻って、長嶋と村山に、全温度チアーと、バイオニュービーズの優劣を解説してもらおう。

「さあ、どうなんでしょう。その二つにですね、優劣をつけるということがはたしてできるんでしょうか。どちらも立派な成績を残してですね、うーん、実績的なものを持っているわけですから、ま、どちらが上というよりも、いわゆるその、セパ両リーグのリーディングヒッター的な存在じゃないんでしょうか」

「そんなことまで答えんといかんのですかな。どっちも同じようなもんですわな。名の売れてない外人選手のことまで知りませんわ」

というような具合に、解説者長嶋茂雄と、解説者村山はあらゆることに対して対照的な発言をするのである。語られる意見は類似していることがあるとしても、そこに至る思考のプロセスは逆なのである。

人々が、いっくら聞いても何を言っているのかさっぱりわからん長嶋の言葉に耳を貸し、ついつい彼を愛してしまうことの裏には、長嶋の思考がプラス型であるため、そこから陽性の快感を受けるからではないだろうか。

「いやあ、そう言っていただくとうれしいんですが、いや実は、どうなんでしょうか。自分としてはですね、もちろんその人間ですからいろいろな感情もあるんですが、ありますよ、もちろんそれは、くやしいとか、腹が立つということもあるんですが、ひとつ基本的な考え方として、ホープですか、希望といったね、そういう未来を望む的な形で、アン悲観的なね、そういった形のアレでいわゆる、ダイナミズムですね、それを大切にしながらトータルライフ的なオピニオンですか、それでもってセパ両リーグにまたがった形の、永久に不滅な側面をもまた、アクティブにトライしていくという姿勢がですね、結果的にひとつのパーソナリティですか、そういうものに結びついていってしまうんですね。うーん。言葉で表現しようとするとなかなかむつかしいんですが」

人間の風景

佐伯義成《さえきよしなり》は有名ではないが、一応作家である。別のペンネームで小説雑誌の新人賞に応募したりしているが、そっちの方ではまだ目が出ないので、『煽情小説』とか『ダーティ・マガジン』などという雑誌にポルノ小説を載せてどうにか生活している。著書も既に二冊あって、『母と娘・ぬれぬれ地蔵』というのと『ずっきん少女のすっぽんぽん』という題名だが、そのことはこの際どうでもよい。

記憶しておいてもらいたいのは、彼はまだまともな小説への情熱を捨てておらず、いつかはポルノ作家ではなく、ちゃんとした作家になってみせる、と考えていることだ。つまり今彼はやむを得ずポルノを書いてはいるが、決してふしだらな、けしからぬ人間ではなく、常識あるごく当たり前の人物である。

ところで、小説など読まないでも生きていける、もしくは、読むのは夏目漱石だけ、などという人は意外に多くいるものである。そういう人は当然佐伯の書いたものなど読むわけがないから、何を書いているのか、などと詮索《せんさく》することなく、佐伯さんは小説家、作家、大したものだ、と考えている。

　彼の妻君の祖母、というのもそういう人のひとりであった。家が近いのでちょいちょい顔を出すのだが、そんなある時、婆さんはあらたまった声でこう言った。

「佐伯さんにひとつお願いがあるんだけど」

「何でしょうか」

「老人会の役員で、昔新聞記者をしてた新美《にいみ》さんという人がいるのよ」

「へえ。新聞記者ですか」

「そうじゃない。新聞記者よ」

　婆さんは耳が遠いのだ。

「はい。新聞記者ですね」

　腹の底から大声をふりしぼってそう言った。

「そうなの。その新美さんが、老人会でお仲間を誘って小説を書いたそうでね」

「へえ。小説を」

「小説なんてっても、素人のことですから、子供の作文に毛が生えたようなもんですけど、頭がボケるのを防ぐ訓練にはなります、とか言ってて、なかなか感心なことだと思っちゃった」

「あ、なるほど」

「素人のことですから、子供の作文に毛が生えたようなもんだけど、頭がボケるのを防ぐ訓練にはなりますというところが、なかなか感心でしょう」

「はい」

大きく首を振って佐伯はうなずいた。首の骨がポキッと鳴った。

「四人で書いたんだそうで」

「四人でひとつの小説を書いたんですか」

「ひとりが途中まで書いちゃあ、次の人がその続きを書いてくやり方で、ひとつの話にまとめたんだとか」

「ああ、なるほど。面白いことをやりましたね。連作、ではないな。リレー小説ですか」

「私にはむつかしいことはわからないけど、そうやって四人でひとつの小説をまとめたっていうんだけどねえ」

「全員素人なんですか」

「新美さんは新聞記者だったんだから文章を書くことには慣れているけれど、あとは手紙だってろくに書いたことがないくちだわね」

婆さんの話によると、リレー小説を書いたのは老人会のヤング・グループだということだった。つまり、まだ七十歳になっていない若手、なわけである。新美という元新聞記者が、まだまだゲートボールだけを楽しみとする耄碌爺《もうろく》さんになってしまう歳《とし》ではありませんぞ、知的な活動をしてみましょうよ、と他の三人を誘《さそ》ったらしい。

誘われたのは、まず、大手製鉄会社で部長まで務めた森末正義氏、六十六歳。次は、青果販売店、つまり八百屋を営んでいたが二年前に店を息子夫婦にまかせて引退した青木誠一氏、六十七歳。もうひとりは、元警察庁勤務、警部補で定年を迎えた佐藤悦夫氏、六十四歳。

その三人と、元新聞記者（正確に言うと、みちのく新報白石《しろいし》支局勤務）の新美陽之助氏とが、協力して一編の小説を完成させたということだった。

「それで私が老人会で、うちの孫の旦那さんは小説家だって言ったら新美さんが興味を持っちゃって」

お婆さんはどこか誇《ほこ》らしげにそう言った。

「えっ。それ、ぼくのことですか」

「そうじゃないわよ。佐伯さんのことよ」

「はあ」

「なんでも、書きあがったのを印刷屋で一冊の本にするんだそうだけど、その前にぜひ本職の作家さんに一度見てもらって、よくないところを直してもらいたいんだって」

「大役ですねえ」

とは言ったものの、佐伯は、ぼくなんかその任ではありませんよ、とは言わない。たとえ書いているのがポルノ小説でも、そこはプロの作家であり、素人との間には格段の差がある、と自負しているわけである。

「わかる人に読んでもらいたいんだわよ」

「それはかまいませんが」

佐伯は軽い気持でそう答えた。

「えっ？」

「それはかまいませんけどね」

大声でそう言って、彼は四人の老人が書いたリレー小説を読まされることになった。

ひとり分、四百字詰原稿用紙二十枚、というのが割り当てであったとかで、素人の作にしてはかなりぶ厚い八十枚あまりの原稿用紙が佐伯のもとに届けられた。今まで小説など一度も書いたことのない人に二十枚はかなりきつかっただろう、と彼は思った。老人パワーもなかなかやるものである。

表紙代りの一枚目に題名が書いてある。

リレー小説・人間の風景

ううむ、と佐伯はうなった。何という広い題名だろう。これなら、『吾輩は猫である』や『ドン松五郎の生活』のような小説でない限り、どんな内容にも当てはまるではないか。いや、それらの小説だって動物の目を通して結局は人間のことを書いているのであって、この題名でおかしいことはない。どういう内容になるかわからないリレー小説にこういう題名をつけるとは、なかなかの知恵者がいるようだぞ、と彼は思った。

読んでみると、まず最初に〈序〉とあって、この小説を書こうと思った動機や、執筆者の紹介、のようなことが書いてある。筆者は元新聞記者の新美氏だが、かなりくさい文章である。こんな風だ。

〈序〉

原稿用紙の正しい使い方も知らぬ素人が小説を書くというのは、誰の目にも不可能と映ることであるかもしれない。鷗外、漱石の例を振り返るまでもなく、小説は偉大なる教養と想像力の所産なのである。

しかし乍《なが》ら、すべからく人に人生があるように、あらゆる人にはその人固有の小説があって当然であろう。かのシェークスピア翁《おう》の言う如《ごと》く『人生はうつろい歩く影、そして道化師』なのであり、どんな人生にでも、語るべき物語の一篇くらいは存している筈《はず》である。

ここに四人の自由人が書き継いだ小説『人間の風景』は、そういう私の考えから生まれた。つい先頃まで男の戦場の第一線に活躍した誇りある人間が、老人会などという、響きさえ颯爽《さっそう》とせぬ組織に属してしまい、このまま無為に老いさらばえていくことは怠慢のそしりをまぬがれないだろう。

頭脳の老化を防ぐには、頭を使うことが一番だという。頭脳の運動の為にも、我々若手四人で小説を書き継いでみようではないかと私は提案した。まだまだゲートボールだけが楽しみという歳ではあるまいと。

幸いなことに、私の提案は受け入れられ、四人が一章ずつ書き継いでいく形式のこのリレー小説は完成した。四人とは次のような構成である。

(中略)

このリレー小説は我々に、まだまだ老け込むのは早い、という気概《きがい》を与えてくれた。内容的にはもちろん素人の作文の域を出ないものであっても、我々にとっては貴重な文化遺産である。

ここに公表して、高覧《こうらん》を願う所以《ゆえん》である。

新美陽之助

尚《なお》、文中の誤字誤表記については私が校閲し、旧かな遣いは新かな遣いに改めた。

漱石、鷗外からシェークスピアまで出てきたのには佐伯も驚いた。素人の作文が文化遺産だという自負にも圧倒された。年寄りはこれだからこわい、と思う。どれ、文化遺産とやらを読ませてもらおうじゃありませんか、と、少し意地悪な気分になって彼は原稿用紙をめくった。

しかし、その小説の第一章を読んでいくうち、彼のこめかみはヒクヒクと脈うち始たからだった。

めた。とてつもない小説だったのである。こめかみがヒクついたのは、笑いをこらえ

第一章

森末正義

見事に咲きほこっていた桜があえなく散って、いつの間にか初夏であった。花の命は短かいと言うが、自然界はそういうものである。

もうこんな季節か、と森本一郎は思った。

毎年花が散ると次の季節になる。それが大自然の掟《おきて》だが、何度目の夏だろうと思った。言ってみれば、私は何歳になったのだろうと森本一郎は思ったのである。

自分の年齢を忘れたのではないが、そういう気がすることは人間にはよくあることだ。そして森本一郎は六十三歳であった。

もう六十三歳か、と森本一郎は思った。思えば長く生きてきたものだと思った。

しかし、六十三歳といえばまだまだ老けこむ歳ではない。老齢化社会になった今、もっと定年を延長して六十代、七十代の人間に仕事を与えるべきだと私は思う。森本一郎もそう思っていた。そう思っている人は意外に多いと思う。

ややこしいなあ、と佐伯は思った。自分と同年配の六十三歳は老人か否《いな》か、なんていうことにひっかかってしまったので、筆が先へ進まないのだろう。年齢に対するこだわりが強いようだ。本筋とは関係ないんだから、こんなところはどんどん先へ進まなくちゃいけない。彼の『ずっきん少女のすっぽんぽん』では、冒頭いきなり少女がパンティを脱ぐところから始まるくらいだ。

森末氏の小説は、主人公が年齢と老化についてうじゃらうじゃら考察しているところへ、夫人が、「あなた、そろそろお見えになる時間ですよ」と声をかける。

そう言われて森本一郎は思い出した。今日は次女の道子の恋人が家に訪ねてくる日であった。道子はまだ二十二歳である。そんな若さで、男を家につれてくるというのが森本一郎にはゆるせなかった。だから彼は朝から不機嫌であった。

第一、道子の上には長女の二十五歳の高子がまだ独身でいるのであった。姉がまだ結婚していないのに妹の方が先に男を作ることはこまった問題である。それも彼の不機嫌の原因であった。

「本当に来るのか。その松倉という男は」

森本一郎は不機嫌そうに言った。

「そういう約束をしたと、ゆうべ道子が言ってたでしょう」

と森本一郎の妻は言った。

「きのう言って今日つれてくるというやり方がよくない。今の若い者は常識を知らなすぎる。なっとらん」

森本一郎は不機嫌にそう言った。

しかし、それは本当の一面もある。最近の若い人間は、まったく頭が悪い。人間として大切なことを何も知らない。知恵と常識と善悪の判断力がない。そのかわり、コンピューターのことは知っている。そんなことを知っている分だけ、常識がないのだ。

私の知っている例では、ソ連を敵にまわして戦争するため、日本とアメリカが手を結んで、三重県の真珠島にトラを三匹放ったのだと思っている若者がいた。その時の大将がグレート東郷とジョン・ウェインなのだそうだ。

そんな馬鹿が結婚して子供を作っていいものだろうか。その子供はおそらく馬鹿の二乗になるだろう。これは大変な問題である。

佐伯はニヤニヤしてその部分を読んだ。老人の本音が出ていてなかなか面白いのだ。ストーリーと無関係の脱線がだらだらと続いたり、小説の中にいきなり〈私〉が出てきて不満を述べたりと、本当はめちゃくちゃなのだが、それがかえって味になっている。不機嫌だということを表すのに、ただ不機嫌だと書くしか能のない素人の小説は、そういう部分を楽しむべきであろう。

さて、小説の方は、長女の高子のことを、森本老人が思う形で進められていく。簡単に言えば、妹の道子ははすっぱで頭も悪いが、姉の高子は美人で気だてもよく、静かで知的でもある。ところが、少し引っこみ思案なところがあるのがよくないのか、適齢期だというのに浮いた話がひとつもない。何回も見合いをさせているのだが、どういうわけかまとまらない。ひょっとすると高子が美しすぎるのが、縁遠いわけかもしれないなどと老人は思う。

そんなわけで親として少し焦《あせ》っているところへ、突然妹の道子が男をつれてくるわけで、森本一郎は機嫌が悪いというわけであった。

やがて、男が現れる。松倉明という二十五歳のサラリーマンである。いかにも頭の悪そうなその男と老人の会話が始まるのだが、そのあたりから小説は、佐伯が想像もしなかった意外な展開をみせていくのだった。

「だから、道子さんをぼくに下さい」

「娘はものじゃないんだ。簡単にくれてやったりするもんじゃない」

「しかし、娘は親のものじゃあないんですよ」

「なんだと。偉そうな口をききやがって。若造に意見されるいわれはない」

「お父さんたら……」

と道子ははらはらして言った。松倉明は言った。

「こうなったら言いたいことを全部言わせてもらいます。ぼくと道子さんはもう肉体関係があって、親だって引き離すことはできないんだ」

その言葉をきいて森本一郎は非常に怒り狂った。

「なんだと。この大馬鹿野郎め。娘をキズ物にされてだまってはおられん。本当ならぶっ殺してやりたいところだが、とっとと帰れ。二度と顔を見せるな」

そう言ったのですべてはぶち壊しになったと思ったのだが、その時松倉明はみんながあっと驚くことを言ったのだ。

「ふっふっふっ。そんなことを言っていいのかね。おれはこの家の秘密を知っているんだぜ」

「な、なんだ、秘密って」

森本一郎の顔は青ざめた。

「あんたの秘密だよ。そして、もしもこの秘密をバラしたら、あんたの娘の高子さんの人生はめちゃめちゃになってしまうんだ」

「高子の……」

「どうだ。その秘密を知られていたんでは、おれの言うことに逆らうことはできんだろう。わっはっはっは」

そう言って松倉は大笑いした。


そこまで読んで佐伯は面くらった。突然娘の恋人が、怪人二十面相のようにふっふっふっ、と笑うのにも驚いたし、ごろつきのような言葉にもまいった。どうやら作者の意図では、森本家の秘密というのが小説の重要なポイントで、ここがクライマックスらしいのだが、さっぱりわけがわからなくてきょとんとしてしまうばかりである。

そして、作者の森末氏は、ここで唐突に自分の分担分を終りにしてしまうのだ。ただし、約束の二十枚に少し足りなかったとみえて、次のような妙な口上《こうじょう》がついている。

というところで、私の担当した第一章は終ってもよいであろう。主人公の秘密とは一体何か、そして道子の恋はどうなるのか。美しい高子の運命やいかに、というわけで、なかなか話の幅が広がったと思う。

この先は、森本家の秘密を中心に、二人の娘の恋物語の線でいくといいと思う。もう一人、中心となる若い男が出てきてもいい。まあ、そんなところである。

しかし、小説を書くなどというのは生まれて初めてのことなので苦労した。原稿用紙のマスが鬼のように見えたりした。それでも、四人で分担したその一部分であるから途中で投げ出すわけにいかない。久しぶりにかなり夜遅くまで机に向かって苦しむという体験をした。

しかし、それはまあ悪い体験ではなかった。なるほど文章を書くというのは頭を使う仕事で、久しぶりにそういう興奮を味わった、それはなかなかよいことだと思う。

とにかく以上で第一章は終りだ。ようやく自分の分を書きあげて、ほっとする気持と、我ながらよくやったという満足感があるのであった。

こうして、リレー小説は第二章へ入る。元八百屋さんの青木氏の担当分である、その第二章はとてつもないものであった。

第二章

青木誠一

小説なんか書いたことがないし、ろくに読んだこともないのだ。

むかし、兄きの十五少年のなんとかいうのを読んだことがあるが、あんまりおもしろいと思わなんだ。

そんな人間に小説を書けというのだから、おどろいたがしかたがないから書くわけだ。

新美さんも罪なことをする。おれの書いたところを笑おうというこんたんだろう。

新美さんには昔せわになってことわれないのだ。

こうなったらかくごを決めて笑われるのはかくごの上で書くしかない。

だが字をよく知らんし、点や丸のつけ方もわからんのにはまいった。

新美さんがなおしてくれると言うからとにかく書くのだ。(新美註　句読点についてはざっと直した)

でも小説というのは目で見たことを書くのとちがって、頭で空想してそれを書くわけだからそこがむつかしい。

本当にあったことを書くのだってむつかしいのに、頭で話を作るのはもっと大変だ。

森末さんの第一章に出てくる森本一郎がどういう人間かわからんからどう書けばいいかわからん。

娘の恋人の松倉というのも、初めての家で乱ぼうな口をきいてどういう男なのかわからん。

こんな男とかんけいした娘だからアプレであんまり好きではない。

その姉の高子というのはいい女らしいが、ろくに出てこんからわからん。

そこに秘密があると言われてもこまる。

どういう秘密があるんかねと森末さんにきいたらそれはあんたが作るんだと言ったが、秘密なんか作るのは大変だ。そういう心にやましいことだけはこの年になるまでしたことがない。

だいたい、娘が男をつれてきたくらいできげんをこわすようでは今時の親はやっとられんとおもう。

今はみんなそんなもんだ。うちの悦子の時にしたって、腹に赤ん坊こそできておらなかったが、最初の時にはもう関係ができておったような様子だった。それを気にしておってはどうにもならん。

そういう家の秘密と言われてもこまる。

それをこの紙に二十枚も書かんといかんのだ。

ここまででまだ二枚半だ。

こまった。

もう書くことがない。

青木氏の原稿はそこで一行空き、次の行からはインクの色が違っている。間に数日あったという感じだ。小説を読んだこともろくにない人が、書けと言われて苦しんでいる様子がにじみ出ていて、興味深かった。一行空いた次はこんなふうに始まる。

新美さんに相談したら出てくる人間の気もちを書くといいということだ。

まず、森本一郎という六十三歳の男だ。多分、サラリーマンをしていて今は定年の人間だろう。

この人間の気もちは、下の娘が男をつれてきたので怒っているわけだ。上の娘の方をかわいがっている男だ。

ふつうは、やはり上の娘から順に結婚したほうがいい。妹に先をこされると姉があせるからだ。

しかし、それぱっかりは思うようにはならんのだ。

この森本という人の気もちはそのくらいしかわからん。

道子というのはアプレで、すぐ寝るような女だ。

そういう女はあそこが大きい。

このごろの女は食べものがよくなって体の発育がいいのでみんなあそこも大きくてこういう女がふえてきた。

まちを歩けば若い女は裸に近いかっこうで男に体を見せて歩いているのだ。

それは結局、あそこが大きいからだ。

まるでパンパンのようなかっこうで歩いている。

男もちょう兵がないので女とやることばかり考えている。

赤線があったほうがよかった。今の女はみんな赤線の女になったと同じだ。

これはエロではなくほんとのことだ。

高子というのは気だてのいい女だということだ。何か秘密があるらしいのだが、よくわからん。

そういういい女に浮いた話がないということは、へんではなくあん外よくあることだ。まじめだから男とうまく口もきけんのだ。

昔、味噌屋の梅ちゃんというのがそんなふうだった。気だてもきりょうもよかったのに男に縁がなく、しまいには富田菓子店のおやじのめかけのようなことになってしまった。

高子には、口では言わないが好いた男があることにしよう。

これは今、自分で考えたことだ。

それは町内の八百屋の青井誠吉という二十五歳の青年だ。ちょっといい男で、働きっぷりがさばさばしていて気もちがいいのだ。

高子は買い物に行ってその青井を好きになったが、引っこみ思案で言えんわけだ。

この青井と、妹の道子の男の松倉は友人だった。

高校が同じだったのだ。

そんなこととは夢にも知らない高子であった。

だいぶ考えたと思ったのに、まだ五枚とちょっとだ。ちっともふえんので泣きたくなってきた。

机のほうを見ただけで気が重くなってくる。

こんな苦労をこの年になってするとは何のいんがだろう。

もういやになった。

またしても青木氏はギブアップする。

これはまるで泳げない人間に百メートルの競泳をさせているようなものだと佐伯は思った。やっとのことで少し進んでは、ぶくぶくと沈んでいく。沈んではいけないからなりふりかまわずがむしゃらに水をかきまわす。

気の毒ではあるが、思わず笑いがこみあげてくる光景であるとも言えた。

一行空きのあと、けなげにも青木氏は続ける。またしても新美氏に相談したところ、何でもいいから気らくに書けと忠告されたのだそうだ。それに対して彼は、文学にこってる新美さんなら気らくに書けるが、こっちはそれがむつかしいのだ、と反論する。

そしていきなり、この小説が現代の話だからいかんのだ、と話題が変る。つまり、これが時代劇なら、遠山の金さんでも水戸黄門でも桃太郎侍でも、よく知ってるから書けるだろうというのだ。時代劇はスジもセリフも大体決っているから書けるのだそうだ。

ところがこれは現代劇だから、急に桃太郎侍が出てくるわけにはいかない。越前屋も家老もすりの金太も出せない。

かまわないから出せばいいのに、と佐伯は思った。ホームドラマに桃太郎侍が出てきて悪人をぶった斬《ぎ》ったら相当にシュールな小説になりそうだ。

ところが、素人は素人なりにある程度合理的に話を進めようとするから、もうひとつ面白くならないのである。

青木氏は森本家の秘密について考える。姉の高子は実は森本一郎の子供ではなかった、というのはどうだろう、とか、松倉という青年が森本一郎の隠し子なのか、とか。そうだとすると若い二人は実は兄妹だったことになるので、そんな畜生のようなことはいけないな、とか。

このあたりへ来るともう青木氏の文章はめろめろである。夜中に、疲れきった頭で、やけくそになって書いている状態が目に見えるようである。たとえばこんな具合だ。

みんな色狂いのようなもんだ。若いころに遊んどらん人間は年をとって女でしくじることが多い。

若い女の体にすっかりまいるのだ。そして身をほろぼすのだ。

酒屋の源ちゃんもそんなことがあって、カミさんが泣いていた。でもその時は狂ってるからわからない。

わしはそんなことはせん。

そういう女は毒婦だから、高橋お伝のようなもので、男を手玉にとるのはお手のもんだ。

空そうするといろいろやりかたのきわどいとこが浮かぶが書くとエロになるのでやめておく。

しかしいろいろと思い浮かぶ。

やっぱり書かんほうがいい。

エロ小説は昔ガリバンずりのやつを読んだがあれはどれもみんな同じだ。

すぐ男と女がはじめて、スースー、ハーハー、あれあれ、いくいくいくというやつだ。

それと、温泉へ行くとエロ写真があった。

一度だけ買ったことがあるがそのころはびっくりしたが今なら下らんものだ。

若いころにそういうのになれておくのがいい。

そうでないとあとで狂う。

エロのことはもういい。
森本一郎という人間のことだ。
娘のつれてきた男に怒ってもしようがないとおもう。
そして、この家の秘密は何なのか。
それがわからんのでもう書くことがない。
本当に、なんにもない。
ここまで苦労して書いてもまだ半分なのだ。
これが限界だ。
もう何も書けない。新美さん、わしだけこれでいいことにして下さい。

佐伯は気の毒になってきた。慣れない人間にとって原稿用紙二十枚というのはちょっと無理な枚数である。青木氏は本当によれよれになっている。
しかしそれにしても、小説の方は全く話が進んでいない。娘のつれてきた男がそれからどんなことを言ったのか、それに対して森本一郎がどんな反応をみせたのか。普通ならそのように進んでいくはずなのに、青木氏の頭はそっちには少しも働かないらしい。ひたすら、森本家の秘密とは何かにひっかかってもがいている。十枚書いて新しく発展したのは、姉の高子が思いを寄せている青井誠吉という人間を創造したところだけである。

痛ましいような気分でページをめくって、佐伯は次の展開を読み、思わずあっと声をあげた。ついに青木氏は、とんでもない暴挙に出たのである。

新美さんにもう書けんと言ったらいいことを教えてくれた。それは、書くのにこまったら小説は兵隊に番号をかけるのだそうだ。

隊長が「番号」と言うと、

「一」
「二」
「三」
「四」
「五」
「六」
「七」
「八」

「九」

「十」

と兵隊が言うのだ。

これはいい。こんないい方法があるとは思わなかった。

森本一郎はその次の日、ゲートボールに行った。会長が言った。

「番号」

「一」

「二」

「三」

「四」

「五」

「六」

「七」

「八」

「九」

「十」

これはらくだ。

会長はこう言ったのだ。

「番号もとい」

「一」

「二」

「三」

「四」

「五」

「六」

「七」

「八」

「九」

「十」

あっという間に二枚書けた。

そうしたらいいことを思いついた。会長はみんなにこう言ったのだ。

「今度のゲートボール大会の賞品は、野菜一年分にしようと思うんだが、なにがいいだろうね」

「ねぎだな」

「いや、だいこんだ」

「かぼちゃ」

「にんじん」

「白菜」

「オクラ」

「玉ねぎ」

「きゅうり」

「西瓜《すいか》」

「ごぼう」

「アスパラ」

「キャ別」

キャ別のキャという字がわからん。ずっとわからんのでいつもこう書いていたんだが、よく奥さんたちに笑われた。学問がないとそういうところではじをかく。

「みょうが」

「カリフラワ」

「いんげん」

「じゃが芋《いも》」

「さつま芋」

「長芋」

「大和芋」

「子芋」

「タロ芋」

「かんでんち」

「かんでんちは野菜じゃないだろう」

しかし、これをやっとるといいかげんにしろと言われそうな気がする。

別に書いて原こう料をもらうわけでないからどう書いても文句はないが、本職の小説家がこれで原こう料をとったらひんしゅくするだろう。

本職でなくても、さすがに小説のすじと何の関係もないことを書いとるのは気がとがめるのでもうやめる。

がんばったがやっぱりこれ以上はむりということだ。

それでもずいぶん書いた。こんなに字を書いたのは生まれて初めてだ。ちょっと足らんだけだ。

こんなになんぎしたことはなかった。わしの分はこれで終りです。

もう新美さんが何と言っても書けん。

さようなら。


ついに青木氏はリタイアした。

佐伯はあきれてものも言えない。有名な、兵隊に番号をかけて枚数を増やす、というやり方を実際に目にしたのは初めてであった。野菜の名前で一枚半にもたまげた。さようなら、で終る小説というのも珍しい。

しかし、何はともあれこれだけ書いたんだから感心である。ここまでくればうまいへたはどうでもいいだろう。

さて、第三章である。担当は元警察官の佐藤悦夫氏。佐伯は何気なく読み始めて、その冒頭でいきなりカウンター・パンチをくらった。

第三章　佐藤悦夫

東京都杉並区高円寺に住む森本一郎の死体を発見したのは、近くで八百屋をしている青井誠吉（二十五歳）でした。警察への通報者も同人です。供述によると、十月十五日午後四時ごろ、御用聞きのために同家を訪ねたところ、玄関が開いていて、中をのぞくとそこに人が倒れていたので近寄ってみると、その家の主人の死体だったということです。青井はそれから店へ自動車で戻り、そこから一一〇番通報したものです。

警察が現場に到着したのは四時二十一分で、その時には死後硬直が始まっていました。のちの検死の結果によれば、死亡時刻はその日の午後零時三十分ころ。死因は頭をハンマーのようなもので殴られた脳内出血によるものです。

発見された時、死体の横にはゲートボールのスティックがころがっていて、それに血がついていたので凶器がそれだということはすぐわかりました。

なお、その日、被害者の夫人と長女の高子は二人でデパートへ買い物に行っており、次女の道子はアルバイトで高円寺商店街の喫茶店「パル」に行っていたのです。

佐藤氏はいきなり主人公を殺してしまった。それまでの展開とはどうにも結びつかない強引きわまるやり方である。

元警察官としては、殺人事件でも起こさなければ小説を書くことができなかったのかもしれないが、それにしても突然である。

読んでいくうちに佐伯は、この人は事柄《ことがら》しか書けない人なんだと思った。人間の心理とか、情感とか、言うに言えぬ思い、などというものはまるで書けないし、そんなものがあるとは知らないかもしれない。ただ事柄だけを、ぎこちなく丁寧に書く。自分の昔の仕事に対する自負のようなことさえも、観察文のように書く。たとえばこうである。

警察にとってはこういう事件はそうむつかしい事件ではないのです。一見事情が入り組んでいるように見えても、取り調べてみると存外単純な事件がほとんどなのです。日本の警察力というのはかなりのものです。

この事件の場合、最初に家族等関係者から事情が聴取され、その中から捜査の範囲がしぼられていきます。そうすれば森本一郎を殺す動機を持っている人間というものがしぼられていきます。（中略）

参考人として警察に呼び出され、厳重な取り調べを受ければ、いつまでも嘘の証言を続けられるものではありません。なにせ、警察の方はそれが職業なのですから、声を大きくしたり、なだめすかしたり、話の矛盾をついたりして、結局は真相を引き出してしまいます。そいつが犯人であった場合には、自白に持ちこむわけです。（これを我々は落とす、と言っています。何日もかけて強情な容疑者を落とした時の喜びは、仕事の最大の喜びです）

こんな調子で、警察の捜査法に従って事件のことが語られていくのだ。味もそっけもない文章である。

家族の者にはアリバイがあったとか、調べていくうちに次女道子の恋人、松倉明が捜査線上に上ったとか、機械的に説明されていって、その松倉明を取り調べた時の供述調書というものが出てきた。

珍しいなあ、と佐伯は思った。幸い彼はポルノ小説で警察の取り調べを受けるような体験をしたことがなかったので、調書なんていうものを見るのはそれが初めてだったのである。そしてそれは、不思議な文体の使われた作文であった。

このような時、警察では供述調書というものを作ります。証言を文章にしておくのです。

その調書を見た方が早いでしょう。

まず初めに住所、氏名、年齢、職業などが書いてあるのですがそこは省略します。

調書

無職森本一郎殺害事件について、知っていることを証言しろとのお尋ねがありましたので、包み隠さず本当のことをお話しします。私が事件のことを知りましたのは、昭和×年十月十五日の事件の当日、午後九時頃のことです。私は被害者の次女道子と交際がありましたので、何も知らず、その家へ電話をし、そこで事件のことを知らされたものです。

その時はただびっくりして考えもまとまらず、ぼんやりしていましたが、その次に考えたことは、このことは道子と私の結婚にとって有利か不利かということでした。というのは、私と道子の間には結婚の話が出ていて、それを父親の森本一郎が反対していたといういきさつがあったからです。(一字訂正)

順を追ってお話ししますと、私と道子が知り合ったのは道子がアルバイトで働いている喫茶店「パル」で、季節は今年の春頃だったと思います。その頃私は仕事の休み時間などにそこへ行き、ウエイトレスとして働いている道子に目をつけたものです。

それから、五月頃になって思いがこうじてきましたので、ある日思いきって休日に会わないかといったところ、よいという返事だったので、それから交際が始まったのです。しかし最初の頃は一緒にディスコへ行って踊ったり、映画を見たりする関係でしたから、肉体関係はありませんでした。（二字訂正）

それで、夏になった頃から私は道子と関係（俗にいう性交）したいと思うようになりましたので、江の島へ海水浴に行こうとさそったところ、案外すなおに行くと答えましたので、これは相手にもその気があるなと思いましたので、二人で一緒に海水浴に行き、その帰路、モーテルへ入って関係しました。その時の道子の様子は普通で変ったところはありませんでした。ただ、出血がなかったので、その時道子は処女ではなかったと思います。

奇妙な文章である。若い男女の恋の物語を、関係（俗にいう性交）したいと思いましたので、誘って関係しました、と書いてはどうしようもないではないか。俗にいう性交、にもまいった。

その調子で調書は続いているのである。二人が愛し合うようになり、結婚を決意したこと。そしてその許しを求めて森本一郎に会ったところ、強い反対にあったこと、などもである。

その部分に、森本家の秘密、なるものが何であったのかも出てくる。それは松倉明が、夜間高校の同級生であった青井誠吉からきいた話で、森本家の長女の高子は、今の母親が産んだ子供ではないらしい、という事実である。彼女の実の母親は彼女を産むと同時に亡くなったのだそうだ。そして、半年もしないうちに今の夫人が迎えられた。森本夫妻はこの子を継母《ままはは》育ちにするのは可哀そうだと、ずっとそのことを娘に隠し、実の母だと偽って育ててきたのだという。

青井誠吉は店の女主人から、近所の噂話《うわさばなし》としてそれをきかされていたのだ。

こうして、青木氏をあれほどまでに悩ませた森本家の秘密はあっという間に明らかになってしまった。ちっとも面白くない秘密である。

佐伯は読みながら、松倉明が結婚に反対された腹いせに森本一郎を殺したのかと考えたが、それは外れた。調書によれば松倉は、その時はついカッとなって乱暴なことを言ったが、それはすべて道子に恋するあまりのことで、殺意など全く持っていないのだそうである。それに彼には、事件の日、一日会社にいて働いていたという完璧なアリバイがあるのであった。

それだったら江の島の帰りに関係したことなどをだらだら書かなければいいじゃないかと佐伯は思った。つまりその部分は、佐藤氏の読者へのサービスなのかもしれない。

調書のところどころに（一字訂正）とか（二字訂正）などとある。これは何だろうと思ったら、調書のあとに佐藤氏が説明を加えていた。

文中にある（一字訂正）などの文句は、本当は調書の欄外に書いて印を押すのです。一応公文書ですから偽造などを防ぐためです。この小説の場合はよく考えたら、書き直したところは印刷する時直して正しく印刷されるのでどの字を間違えたのかわからなくなってしまい、必要ないのですが昔の癖《くせ》でつい書いてしまいました。

普通の文章とくらべると、少し奇妙なところがあるかも知れませんが、これは文学ではないので人によっていろいろに解釈できるような表現はまずく、少々まわりくどくても正確に書こうとするのです。すなわち、その時にはっきりとした犯意があったかどうか、とか、現在自分のやったことに対し改悛《かいしゅん》の情があるかどうか、などをきっちり書く必要があります。この種の調書を多い時には一日に二つも三つも書くわけですから、文章にこっている余裕はないわけです。そこでついありふれた言いまわしを多く使ったりしますが、調書というのはそれでかまわないわけです。

小説の中に文章が下手なことの言いわけが書いてあるのも珍しいことである。佐藤氏の担当しているこの第三章は、ストーリー的にはあれよあれよという間に思いもかけぬ急展開を見せているのだが、それでいて一番小説らしくない。警察の仕事の稚拙《ちせつ》な思い出話のようになっているからである。

それにしても、主人公を殺してしまい、一番の容疑者を無罪にして、この先どうなるのかと他人事《ひとごと》ながら心配になってくる。ちゃんと筋の通ったストーリーになるのだろうか。

ところが佐藤氏はその難題も、あっという間に乗り越えてしまう。警察が調べていくうちに、死体の第一発見者である青井誠吉の部屋から、森本高子からのラブレターが発見されてしまうのだ。二人は密《ひそ》かに恋し合う仲だったのだ。そして、青井は二人のことを森本一郎に言いだせなくてこのところ悩んでいたという。

そんな意外な展開が、五、六行であっさりと語られていて、佐伯はちょっと無茶だよ、と思った。


そこでさっそく青井を呼んで取り調べます。

さすがになかなか簡単には落ちません。この取り調べは四日に及びました。

参考までに言っておくと、このような取り調べにおいて、今日の警察では拷問《ごうもん》のようなことをすることはまずありません。というのは、昔と違って今は自白優先主義ではないため、拷問などをして無理に自白を引き出しても、あとで否定され、公判でひっくり返ったりすると警察の失敗ということになるからです。

確かに、大声を出すとか、机を叩くというような暴《あら》っぽい取り調べをすることもありますが、すべてがそうではなく、全部言った方が気が楽だろうが、とやさしく諭《さと》すような面もあり、それらの総合によって自白を引き出していくわけです。その細かいやり方を説明すると長くなりますが、それはもう実に見事な落としのテクニックというものがあり、我々の仕事の一番の見せどころはそこにあるのです。

大体、どんな犯罪者でも、自白すれば罪になると思いながら、心の一方では自分のやったことを人に言いたいと思っている一面があるようです。これは私の実感で、だから犯人の心のその一面に訴えるとほとんどの場合落ちます。

そんなわけで、四日目に青井は自供を始めました。

ここでまた供述調書が出てくる。それによると、青井と高子は人知れず激しい恋をしていたのだそうだ。だが青井には、自分が夜間高校しか出ておらず、しがない八百屋の店員であることで、結婚を許してもらえないのでは、という思いがあった。そんな時、高子の妹の道子がれっきとしたサラリーマンの恋人をつれてきたのに、森本氏はその結婚に反対したということを高子からきく。サラリーマンでも駄目なら八百屋ではなお駄目だろうと彼は絶望する。(やけに八百屋を悪く書いているが、それは佐藤氏の書いたことである)

そして事件の日、こうなったら森本家の秘密を知っている点を利用して、強引に二人の結婚を認めさせてしまおうと決意してその家へ行ったのだそうだ。森本一郎が娘のことになると急にわからず屋になることは、道子の時で証明ずみである。その日も激しい口論になり、カッとした青井はそばにあったゲートボールのスティックで森本一郎を殴り殺してしまった。その後、何くわぬ顔で第一発見者を装っていたのである。

意外な犯人ではあるけど、面白くないなあと佐伯は思う。犯人の動機も、説得力がまるでないとしか言いようがない。

もっとも、そのことは佐藤氏も感じたらしくてこんな言いわけがついている。

結婚を許してもらいに行ってその父親を殺すというのは変だと思うかもしれません

が、犯罪者の心理というのはもともと少し異常でして珍しいことではありません。

昭和三十六年だったと思いますが、私の手がけた事件で、突き出しに出た枝豆の量が一緒に行った同僚より少なかったという理由でカッとなってその飲み屋のおかみを殺した男がいました。この男はその後の調べで精神に異常があったわけでないことがわかりましたが、殺したおかみの死体を七十二もの断片に切りきざんでいました。

その死体を見た時のことをくわしく描写しようかと思いましたが、一般の人にはすこし刺激が強すぎるかも知れないと思いやめます。私たちは職業がら何とも思わないのです。

それから、ご主人が隣の若い奥さんの足首が細くて美しいと言ったので、奥さんがその足首を切断しようとした事件もありました。愛情関係ももつれるととんでもない事件につながることがあるわけです。この時は幸い、死ぬほどの大事には至らず、傷害罪ですんだわけですが、普通では考えもつかないような事件というものがあるわけです。

それにくらべればこの事件は筋が通っているほうです。事件を担当した斎藤警部は見事に犯人をあげて男をあげました。

それがこの事件のてんまつでした。

こうして、第三章は終ってしまった。三章だけではない。これではこの小説が完全に終ってしまっている。このあとを書かなきゃいけない人は途方にくれるだろうと思われた。

しかし、最後の筆者は、このリレー小説を提案した元新聞記者の新美氏である。その人ならば、この小説をもう少しマシな、文学的なものに高めてくれるのではないかと佐伯は期待した。

第四章　新美陽之助

世に冤罪《えんざい》事件というものがある。

それは、警察という機構の持っている前近代的な体質によるものではないかと私は思っている。すなわち、人を見れば泥棒と思え式の、そして、犯人さえあげれば手柄になるのだという意識が警察の中にはある。

そもそもこの小説は、平凡な家庭のドラマと、美しい恋の物語として始まったのである。第二章で青木氏が四苦八苦しながらも、好青年を登場させたのは正しかった。

ところが第三章で突然殺人事件が起き、あっという間に好青年が犯人にされてしまったのにはまいる。これでは恋物語もけし飛んでしまう。

私は一般論として（新聞記者として長年接してきたし）言うのであって、決して佐藤氏個人のことを言うのではないが、警察の思考法というものはこの第三章にあらわれている通りである。

一言で言って警察の人間には文化がわからない。一人一人の人間の中に心があり、歴史があり、真実があるという文学的考察が全くないのである。彼らは生涯を犯罪者と交友して過ごしているため、誰を見ても相手の中に犯罪者を見ようとする。それも、情愛のない、思慮に欠けた、薄汚ない人間と決めつけようとする傾向がある。

戦前、ドストエフスキイの「罪と罰」を読んでいただけで、憲兵に危険思想家と疑われて拘留《こうりゅう》された体験を持つ私にはその辺のことが骨身にしみているのである。警察の持つそういう体質というものは何十年たとうが変わるものではない。

その体質の故にこの物語はとんだ犯罪記録になってしまったわけだが、これは何とか修正しなければなるまい。

待ってました、と声をかけたいような気持で佐伯は読み進んでいく。しかし、そこから話の調子がガラリと変わってしまうのだった。

青井誠吉の出身地は宮城県の白石市《しろいし》であった。そこで中学を卒業後、東京へ出て八百屋で働きながら夜間高校を出たのである。だから彼の中には東北人の純朴《じゅんぼく》さが色濃く残っていた。

今では東北新幹線が開通したおかげで上野から二時間ちょっとで行けるようになったが、かつては宮城県の白石市といえばまさしく道の奥へと来た感のあったものであった。鎌先《かまさき》温泉、小原《おばら》温泉などへの中継点としての地位は新幹線白石蔵王《しろいしざおう》駅に奪われ、東北本線白石駅がさびれていくのは侘《わび》しい限りである。これも時代の推移というものであろうか。

その白石市の市街地を少し離れたところに城跡公園があり、その近くの二階屋に二十二年間生活した。その家にテレックスなどを置いてみちのく新報の白石支局としていたのである。

家の近くには戊辰《ぼしん》の役《えき》の折に殺された奥羽鎮撫《ちんぶ》総督参謀、世良修蔵の墓があった。長州出身の彼が京都守護職にあった会津藩を憎み、奥羽列藩会議の会津降伏の嘆願書を拒絶し、かえって恨《うら》みを買い、宿舎を襲われて斬首されたのは有名な話である。その碑文は憎しみのために削《けず》られて判読不能である。

また、城跡公園（益岡公園）には奥の細道に旅立つ芭蕉の詠んだ、
かげろふの　我が肩にたつ　紙衣《かみこ》かな
の句碑がある。紙衣は旅人が夜の冷えから身を守った紙の衣服で、白石の紙衣は当時から有名であった。

そういう落ちついた静かな町白石では、人の心も純粋で裏表がない。そこで育った青井誠吉もその一人で、結婚に反対されたからといって人を殺すなどということがあるわけがないのである。

たまげた論理である。出身地で犯罪者かどうか決まる小説なんてきいたこともない。

自分のよく知っている東北の地方都市へ無理矢理に話を持っていってしまった力業《ちからわざ》にも驚く。そして、しばらくは白石のことばかり書いていくのである。

私が白石支局で働いていた頃、当地へ作家で詩人の羽斑万州《はまだらばんしゅう》が逗留《とうりゅう》され、何度も訪《たず》ねるうちに親交を得た。当時、同人雑誌「天頂」の同人として小説を志していた私は、どうしたら文章が上達するでしょうかと氏に尋ねた。

氏は少し考えて、

「確かに、スカスカの文章というのがありますが、そういうのは書いた人間の中身がスカスカだからでしょう。要するに、文というのは人が出るのです」とおっしゃられた。

鋭い言葉である。以来私も文を練るよりは人を練ることを心がけてきたのだが、氏のような名文を書くには程遠い未熟さのまま齢を重ねている。

昭和の作詞家、貝柱《かいばしら》 渉一《しょういち》は東北の人情と自然をこよなく愛した人であった。氏は、この白石市出身の歌手、大門山三郎のデビュー曲「城のある町」を作詞している。

氏が白石市へ来訪した時、七釜戸《ななかまど》岩《いわ》に揮毫《きごう》をお願いしたのが私であった関係上、親しくおつきあいをした。氏が言うには、宮城県には木の香りがするということである。日本一のこけしの産地であるということもあるのであろうが、それ以上に、自然への愛情の感じられる言葉である。

その氏とも、文化功労賞受賞の記念パーティーが新橋のホテルで開かれた時にお会いしたのが最後になってしまった。まことに人の生は儚《はかな》い。氏の作詞した「城のある町」を披露してここに冥福《めいふく》を祈ろう。

「城のある町」　貝柱渉一
宮城みちのく山里静か
小さな城のある町が　チョイト
人の心を　人の心を
なごませる　アソレ
流れる清流何いそぐ
いとしあの子の　いとしあの子の
花の散るのがうらめしい
アトコ、ヨイトナ

こいつは地方文化人だな、と佐伯は思った。知っているだけの有名人のことを書き並べる気だぞ。

田舎の温泉などにいくとたまにこの手の道楽主人がいて、温泉とは関係のない、「古里文学史」なんていう小冊子を客に配ったりする。そこには、作家の何某がうちへ来てどう言ったとか、何某とは何年来の友人だとか、愚《ぐ》にもつかないことが文学気取りの臭い文章で書いてある。

どうやら新美氏はその類であるらしい。

宮城県は日本を代表するこけしの産地である。土地の人間はこけしと言わず、キボコと言う。素朴な、暖かい玩具である。

こけしはなんでかわいいか
おもうおもいをいわぬから
堀口大学

こけしになる木は、ミズキ、イタヤ、アオカ、シヤシギ、ツバキ等である。要するに色が白くて肌理《きめ》が細かく、あまり軟《やわら》かくないことが条件である。これらの木は冬の期間に伐採され、よく乾燥してろくろにかけて挽《ひ》かれる。この、ろくろで木を挽くということを始めたのは、平安初期の第五十五代文徳天皇の皇子、惟喬《これたか》親王であったという。親王は弟の惟仁《これひと》親王が皇位を継いだ（清和天皇）ため近江《おうみ》愛知《えち》郡小松ケ畑小椋《おぐら》郷へ隠遁《いんとん》した。その山中で不満をなぐさめつつ生活するうち、宮はふと、どん栗《ぐり》のへたからヒントを得て、木を挽いて椀《わん》を作る道具を考案して、見事に出来あがった。その後その子孫が東北に移住して、ろくろ仕事を生業《なりわい》とするようになったのである。そうして、今のこけしらしいものが生まれたのは今から約五百年前頃からと言われてい

る。（この項、弥治郎こけし匠《しょう》、嵐山徳内氏に教わった）

私の恩師、林崎似多之助《はやしざきにたのすけ》教授（昭和三十八年没、文学博士）は、生涯宮沢賢治を研究された方であったが、ある時私たち学生に人は何によって生きるか、という問いを発された。血気盛んな学生のこと故、臆面《おくめん》というものを知らぬ私はその時、生意気にも、芸術の力をもって生きるのみ、ということを答えたのであるが、先生は優しく笑って言われた。

それも大切だろうが、まず人は、人の優しさによって生かされているのじゃないかね、と。

恥かしいことに、その時私には先生のおっしゃる意味を完全には理解することができなかった。若い慢心した頭脳には、愛の尊さを説く先生の真意を計ることができなかったのである。

先生の言葉の意味が身にしみてわかるようになってきたのはようやくこの頃になってきてからである。人は人の優しさによって生かされている。まさに真理であり、また、それ自体この上なく優しい言葉である。

こけしの顔の優しさは、そういう人の温《ぬく》みであると今の私は思う。無限の優しさがなくてどうしてあのように穏やかな表情が創造できようか。

こけしのことや、無名の教授のことはどうでもいいじゃないか、と佐伯はいらいらした。小説のストーリーの方はどうなっているのだ。もうあと残り枚数も少ないというのにちっとも進展していないではないか。

ところが、新美氏はそのあたりで、新しい登場人物を出したのである。この事件のことを調べていて、不審に思った頭の切れる若き新聞記者、新村陽介という人物だ。

考えてみると、四人が四人とも小説の登場人物に自分と似た名前をつけているところがおかしい。森末氏は主人公を森本一郎にした。青木氏は八百屋の好青年を青井誠吉に、佐藤氏は名警部を斎藤と名づけた。そして新村陽介である。

彼は高子や道子など、事件関係者に会って話をきいたりして独自の捜査をしていく。彼と高子の会話というのが、およそ時代離れしていてちょっと面白い。

「青井さんは父を殺した犯人なんかじゃありませんわ。あのひとはそんな人ではありませんもの」

「ご安心下さい、高子さん。ぼくもそう思っているのです。この事件には冤罪の匂いがします」

「まあ」

高子はそう言って長いまつ毛を恐ろしそうに伏せた。

「彼が自白したという内容にしたって、警察が無理矢理でっちあげたものに決まっています」

「お願いです、新村さん。あのひとの無罪を証明して下さって。だって私にはこうして心配しているほか、何もできないんですもの」


文学を志したこともあった人の書く会話がこれじゃあな、と佐伯は意地悪く思った。年寄りの中に、恋愛とかロマンスとかに対して妙にうぶで、心から賛美しちゃうのがいるけど、気持悪いんだよな。

さて、そうやって読み進むうち、いよいよ残り枚数が少なくなった。あと二枚ほどである。しかし新美氏はあっという間に事件を解決してしまう。

凶器がゲートボールのスティックであったことに目をつけた新村は、被害者のゲートボール仲間を調べていき、そのチームの次期監督の座を狙《ねら》って森本一郎と争っていた老人をつきとめる。真犯人はその老人であった。試合の打ち合わせに来て、口論となり、カッとなって殺したのである。

文句を言う気にもなれんな、と佐伯は思う。そんなのは推理小説としてアンフェアだ、と新美氏に言ったって始まらない。彼にとって筋なんかどうでもよさそうだからである。

この小説を直せとか、感想を言えと言われても困るよ、というのが佐伯の正直な気持だった。どこが下手と指摘する以前の問題だ。楽しく書いたんならそれでいいんじゃないですか、としか言えない。みなさんの個性がそれぞれよく出ていましたよ、とでも言うか。

しかし、驚いた小説だったなあ、と彼は思う。

こうして事件は解決した。無実の罪をまぬがれた青井誠吉は、高子と手をとりあって喜んだ。

一方、道子と松倉明も、姉たちのことを心から喜んだ。思わざる成りゆきから父を亡くしたわけであったが、あとには二組の、愛し合う男女が誕生したのである。

ゆきずりに摘《つ》みたる花にくちづけて
酔ひたる春は恋若かりし
三木露風「夏姫」より

「人間の風景」完

いやあまいったまいったと佐伯はぶ厚い原稿の束を投げ出した。

素人にはとてもじゃないが小説なんて書けるものじゃないんだなあ、と思う。プロの作家というのは大したものだよ。

自分もプロの作家であると思っている彼はそう自負した。

そして、とんだことで時間をとられてしまったが、追われている仕事を片づけなくては、と、新しい原稿用紙を手元へ引き寄せる。

佐伯義成はポルノ雑誌に連載中の「禁断の妹の蜜の味」の執筆にかかった。

あとがき

清水義範

えー、この場を借りて二、三、お詫び申しあげたいと思います。特にその、まず大いにあやまらなければならないのは、間違えてこの本を買ってしまった受験生の皆さんに対してです。

それはすべてもう、私がまぎらわしい題名の本を出すからいけないのです。考えますと、私が今回と同じく講談社から出した最初の短編集は、『蕎麦ときしめん』というタイトルだったのですが、私はその本がいくつもの本屋で、料理本のコーナーに置かれているのを目撃したのであります。（余談ですがこの本は、名古屋の天白図書館では、郷土の本コーナーで『熱田神宮』という本と並んで置かれています）ですからあれを、おいしい蕎麦やきしめんの作り方の本だと思って買って、失望した人も多いことと思います。

それなのに今度は『国語入試問題必勝法』であります。これはもう、どう考えたってかなり多くの書店で、受験参考書のコーナーに置かれるであろうことが目に見えています。その結果、多くの受験生が間違って買ってしまうであろうことは大いに予想されるところであり、まずそのことをお詫び申しあげます。

受験生の方々にくれぐれも申しあげます。ここに書いてあることを信じて受験に臨んではいけません。長短除外の法則とか、正論除外の法則とかは、虚構でありまして、あれを信じて国語問題を解こうとなさらないように、えー、ひとつお願いします。

それから、このこともお詫びしておかなければなりません。私は物真似で小説を書くという、つまりまあそれをパスティーシュと称しておるわけでありますが、そういうことをやっておりますす関係上、ひとさまの真似をするということが、まあまあるわけでございます。しかし、自分のことを下手糞に物真似されるということは、多分されたほうとしては嫌な感じのことであろうと、ま、想像できるわけです。おれの文章はこんなに下手ではないぞ、とか、おれの考えとは違う、などとお腹立ちのことが、当然あろうかと存じます。

どうかそこを、寛大なお考えでお赦し願いたいと、希望するわけであります。決してその、悪ふざけのつもりではなく、むしろ憧れの人であるからこそ真似をしたのだという、いやいやいやこれは本当のことです、ですからその、その辺に免じて、お赦しいただきたいと思うのであります。

そういうことでまあ、えー、お詫びばかりになりましたが、あとがきを終えたいと思います。

お詫びではなく、ひとつ言うことがあるとするならば、えー、私はこの本を買って下さった方が、いくらかの楽しみをここから得て下さいますようにと、そのことを切に願っている次第であります。それではこの辺で。

昭和六十二年九月
（文庫旧版より再録）

文庫新装版に寄せて

清水義範

私の出した数多くの書籍のうち、『国語入試問題必勝法』は我ながらちょっと驚くほどのロングセラー本である。一九九〇年に文庫版の初刷が出て以来、現在に至るまで40回以上も増刷され、今も生きているのだ。昨今は書物の寿命も短かくなっている傾向があり、その中で特異な例と言えるかもしれない。

この作品が吉川英治文学新人賞を受賞しているということだけではなく、ここに私の批評性とユーモアが最もわかりやすく出ている代表作だからであろう。大学生の時に、一年間国語専門の家庭教師をした体験から生み出されたこのユーモア小説が代表作であることを、私は嬉しく受け入れている。

そして、文庫版の刊行から30年たった今、この本が、少し活字を大きくした、表紙も新しくした新装版で刊行されることになり、私は大いに喜んでいる。この本の寿命がまだ続いていることになるからだ。

人が文章を書くということを模倣して笑うという私のパスティーシュ作品の、わかりやすい例として、私はこの『国語入試問題必勝法』という作品を愛している。その意味でも新装版の刊行はとても喜ばしいのである。

令和二年十一月

解説

丸谷才一

蜀山人《しょくさんじん》の作と伝へる『狂歌百人一首』なるものがあつて、百首のうち彼の作に近いのは、

わが庵は都の辰巳午(ママ)ひつじ申酉戌亥子丑寅う治　喜撰法師

質藏にかけし赤地のむしぼしはながれもあへぬ紅葉なりけり　春道列樹

郭公なきつるかたにあきれたる後徳大寺が在明のかほ　後徳大寺左大臣

の三首、似てゐるのは、

仲麿はいかいはぶしの達者もの三笠の山にいでし月かも
安倍仲麿

吹とぢよ乙女のすがたしばしとはまだみれんなるむねさだのぬし
僧正遍照

の二首であると浜田義一郎は言ふ。つまり贋作《がんさく》と見るわけだ。その通りだらう。たとへば蜀山人『放歌集』の、『休息六歌仙』の画に題した六首に見える玲瓏《れいろう》たる趣はつひにないのである。ちなみに『休息六歌仙』は、例として僧正遍照を引けば、

女郎花口もさが野にたつた今僧正さんが落なさんした

しかし江戸の人々は蜀山人に百人のパロディ集を作らせたくてたまらなかつた。一方に『小倉百人一首』といふ彼らの愛誦するカード形式の小詩華集があり、他方、江都第一の狂歌の達人がゐる以上、彼がそのパロディを試みないといふ法はなからう。さう信じてゐたから、贋作がおこなはれたし、またそれが通用したのである。それが文明といふものだつた。そして蜀山人が事実パロディの名手であることは、たとへば

『通詩選』所収の『船中七福歌』(言ふまでもなく杜甫『飲中八仙歌』のもぢり)によつて明らかである。

パロディを愛するこの気風は、そののちも長くつづいた。明治中期、斎藤緑雨といふ文士は、『小説八宗』『文学一からげ』『新体詩見本』などでパロディの藝を盡し、世の喝采を浴びた。たとへば与謝野鉄幹のもぢりは次のごとし。

鐘は上野か浅草か
　白きを見れば夜ぞ更くる
「姑蘇城外寒山寺」
　数ふる指も寐つ起きつ
首縊《くく》らんか鳰《にほ》の海
　ぶら下らぬぞうらみなる
身をば投げんか鷲の峰
　もぐり込まぬぞ恨《うらみ》なる
小楊子むづと手に執《とつ》て
　喉笛《のどぶえ》美事《みごと》に掻切《かきゝ》れば

ちよいと痛めど血は出でず
　死するも命別儀なし
天地玄黄千字文
　無理心中は止むべきぞ

しかし明治後期、自然主義が日本文学を制覇してからは、パロディの藝は評価されず、読むに価するパロディストは現れなかつた。深刻と写実と告白を尊び、遊戯を敵視し、笑ひを忘れた自然派の文学的主張が、社会に滲透した結果である。この派の青年文士たちが、西欧の文藝を孜々《しし》として学びながらも、フランスおよびイギリスの文学においてはパロディが喜ばれることまで知るゆとりがなかつたのは、本当に残念な話だつた。わたしはイギリスのパロディについては多少の知識を持合せてゐるが、たとへばビアボームやシリル・コナリーの作はまことに立派なものだし、ジョイスの長篇小説にはパロディがちりばめられてゐる。それは一流の文学者が遊ぶにふさはしい形式であり、最高の読者が味はふに適してゐる珍味であつた。それなのに近代日本文学の最も充実した時期がパロディを失つたため、われわれの精神はその分だけ硬直し、われわれの趣味はその分だけ優雅さを欠いたのである。いや、かう言つたのでは原因と結果が逆になるか。鶏と卵の話みたいでどうもややこしい。

しかしごく最近、注目すべきパロディストがつひに出現した。清水義範である。この人、あるいは国語入試問題をこてんぱんにからかひ、あるいは英語教科書の登場人物たちの後日譚を語る。映画館でくれるパンフレット、伝永井荷風作の春本、東映時代劇（およびその原作）、いづれとして彼の好餌たらざるものはない。しかもその最上の場合には、パロディを書くことと小説を作ることがきれいに両立して、両者は互ひに相手を引立てる。これは賞揚に価する才能と言はなければならない。一世紀に近いパロディ蔑視の伝統を相手どつて、たつた一人でこんなに敢然と、しかし実はまことにあつけらかんと闘ひ、これだけの収穫をあげるなんて、見上げたものである。

ところでパロディとはいつたい何だらうか。

人々はこの問に答へようとするとき、まづ、揶揄《やゆ》と嘲弄の機能を思ひ浮べるだらう。すなはち、本歌およびその作者をからかふ不埒《ふらち》な遊びとしての替歌である。たしかに、「風情けだかく又おもしろく艶なるさま」と讃美された藤原実定の「郭公なきつる方をながむればただありあけの月ぞのこれる」は、一転して歌人自身の表情に話を落され、滑稽化される。同じやうなことは、緑雨の作つた鉄幹の詩のパロディについても言ひ得るにちがひない。

しかしまた、揶揄と嘲弄といふことをむづかしく言へば、パロディは批評性を目ざすことになる。これは当り前だが、もう一つ当り前を重ねれば、批評である以上、悪口だけを言ふはずはなく、褒めることだつて大いにする。すなはち『狂歌百人一首』は『小倉百人一首』の宮廷趣味を馬鹿にしたりからかつたりするだけではなく、また、王朝の様式の美と完成をたたへるだらう。そのへんの呼吸は、『狂歌百人一首』よりもむしろ真作の『休息六歌仙』につくほうがよくわかるに相違ない。同様に『新体詩見本』も、単に新文学の粗雑と未熟を責めることに終始するわけではない。その覇気と野望に好意を寄せる気配も、眼のある者には見えるだらう。

だが、かういふいくつかの性格を束ねる言ひ方もできないわけではない。それは、パロディを祝祭性の文学形式としてとらへることである。よく知られてゐるやうに、カーニヴァルにおいては、日頃の位置が逆転して、下僕が威張り、主人が仕へる。男が女装し、女が男装する。カーニヴァルの王が選ばれておどけた戴冠式をおこなひ、束の間のふざけちらした治政のあと、王冠を奪はれて鞭打たれ、追放される。そんな乱痴気騒ぎの文学版を想定すれば、それはまさしくパロディとなるだらうし、事実、ルネサンスのころの大学生は、ラテン語まがひの滑稽詩を作つてカーニヴァルを祝つた。

考へてみれば、パロディとカーニヴァルとはよく似てゐる。陽気な馬鹿騒ぎによつて何かを祭るからである。パロディとカーニヴァルが年の再生と年の植物の再生を予祝する、再出的な性格のものであるのに対して、パロディは、文学の伝統が花やかにつづいて言葉の藝が栄えることを予祝するのだ。ちようど『狂歌百人一首』や『休息六歌仙』が王朝和歌の伝統を祭るやうに、緑雨は新体詩を祝福するのである。

清水義範の作品もまた、からかひ、批評し、祝祭する。たとへば『国語入試問題必勝法』における、入試問題出題者（たいていは国文学および近代日本文学専攻の教授、助教授のはず）に対する慢罵と嘲笑は痛烈を極めて恐しいほどだ。もちろんこの場合、批評としても正鵠《せいこく》を得てゐるからこそ、われわれは快哉を叫ぶことになるのだけれど。そしてこの場合だつて、日本語の伝統を慶祝したいといふ熱望が底にあるからこそ、かういふパロディを書くことができるのである。

だが、大事なことを一つ言ひ落してゐた。それは清水の心の優しさといふことである。わたしはこの作品を読んだとき、いい加減きはまる入試問題に翻弄され、責めさいなまれてゐる少年少女に対する憐れみを感じ取つて、胸を打たれた。殊に結末がよく出来てゐる。その心の優しさは、たとへば『永遠のジャック&ベティ』のベトナム戦争以後のアメリカ人に対しても、まことに楽しい長嶋茂雄論（野球論および日本語論のパロディと見立てることができる）における長嶋茂雄その人および日本中の長嶋びいきに対してもも注がれてゐる。人々が清水のパロディをあんなに喜んで読むのは、一つには、この暖かな心が嬉しいからであらう。

ところまで書いて来て、わたしはいささか当惑してゐる。『猿蟹合戦とは何か』がまだ論じてないからだ。年少の友人某君の説によるとこの作品は清水の全パロディのなかの最高のものださうだが、どうもわたしには首肯しかねるのだ。もちろん、清水のことだから、詰まらぬものなど書くはずはない。揶揄も、批評も、祝祭性も備はつてゐるし、心の暖かさといふやつだつて充分にある。しかし何しろわたしは『忠臣蔵とは何か』の著者で、つまりからかはれてゐる当人なのだから、どうも何となく釈然としないのである。大人物でないせいか、心にこだはりがあつて、アハハと笑ひ飛ばすわけにゆかない。ひよつとすると、僧正遍照も蜀山人に対して、与謝野鉄幹も斎藤緑雨に対して、こんな気持をいだいてゐるのだらうか。もしも将来、彼らに会ふ機会があつたら、それを訊いてみたいといふのは、わたしの老後の、いや死後の、計画の一つである。

（文庫旧版より再録）

◉初出
猿蟹合戦とは何か「小説現代」一九八七年三月号
国語入試問題必勝法「小説現代」一九八七年七月号「入試国語問題必勝法」を改題
時代食堂の特別料理「別冊小説宝石」一九八六年初夏号
靄の中の終章 短編集『グローイング・ダウン』に書下した「傷のあるレコード」を改題
ブガロンチョのルノワール風マルケロ酒煮「別冊小説現代」一九八六年冬号
いわゆるひとつのトータル的な長嶋節『定本長嶋茂雄』一九八八年十二月刊
人間の風景「小説現代」一九八六年十二月号

◉本書は一九九〇年十月に、小社より刊行されました（ただし、「いわゆるひとつのトータル的な長嶋節」は、オリジナルとして初収録）文庫の新装版です。

当時の時代背景に鑑み、原文を尊重しました。

|著者| 清水義範　1947年、愛知県名古屋市生まれ。愛知教育大学国語科卒業。'81年『昭和御前試合』で文壇デビュー後、'86年『蕎麦《そば》ときしめん』でパスティーシュ文学を確立し、'88年『国語入試問題必勝法』で第9回吉川英治文学新人賞を受賞。著書に『雑学のすすめ』（絵・西原理恵子）『いい奴じゃん』『考えすぎた人』『学校では教えてくれない日本文学史』『ifの幕末』『ドン・キホーテの末裔』など多数。

国語入試問題必勝法《こくごにゅうしもんだいひつしようほう》　新装版《しんそうばん》

清水義範《しみずよしのり》

旧版：1990年10月15日第1刷　2019年3月8日第43刷発行
新版：2020年12月15日第1刷発行

講談社文庫
定価はカバーに表示してあります

発行者――渡瀬昌彦
発行所――株式会社　講談社
東京都文京区音羽2-12-21　〒112-8001
電話　出版（03）5395-3510
　　　販売（03）5395-5817
　　　業務（03）5395-3615

Printed in Japan

デザイン―菊地信義
本文データ制作―講談社デジタル製作
印刷―――豊国印刷株式会社
製本―――株式会社国宝社

ISBN978-4-06-521366-7

講談社文庫刊行の辞

二十一世紀の到来を目睫に望みながら、われわれはいま、人類史上かつて例を見ない巨大な転換期をむかえようとしている。

世界も、日本も、激動の予兆に対する期待とおののきを内に蔵して、未知の時代に歩み入ろうとしている。このときにあたり、創業の人野間清治の「ナショナル・エデュケイター」への志を現代に甦らせようと意図して、われわれはここに古今の文芸作品はいうまでもなく、ひろく人文・社会・自然の諸科学から東西の名著を網羅する、新しい綜合文庫の発刊を決意した。

激動の転換期はまた断絶の時代である。われわれは戦後二十五年間の出版文化のありかたへの深い反省をこめて、この断絶の時代にあえて人間的な持続を求めようとする。いたずらに浮薄な商業主義のあだ花を追い求めることなく、長期にわたって良書に生命をあたえようとつとめるところにしか、今後の出版文化の真の繁栄はあり得ないと信じるからである。

同時にわれわれはこの綜合文庫の刊行を通じて、人文・社会・自然の諸科学が、結局人間の学にほかならないことを立証しようと願っている。かつて知識とは、「汝自身を知る」ことにつきていた。現代社会の瑣末な情報の氾濫のなかから、力強い知識の源泉を掘り起し、技術文明のただなかに、生きた人間の姿を復活させること。それこそわれわれの切なる希求である。

われわれは権威に盲従せず、俗流に媚びることなく、渾然一体となって日本の「草の根」をかたちづくる若く新しい世代の人々に、心をこめてこの新しい綜合文庫をおくり届けたい。それは知識の泉であるとともに感受性のふるさとであり、もっとも有機的に組織され、社会に開かれた万人のための大学をめざしている。大方の支援と協力を衷心より切望してやまない。

一九七一年七月

野間省一

塚本邦雄
新古今の惑星群
万葉から新古今へと詩歌理念を引き戻し、日本文化再建を目指した『藤原俊成・藤原良経』。新字新仮名の同書を正字正仮名に戻し改題、新たな生を吹き返した名著。
解説・年譜＝島内景二
978-4-06-521926-3
つE12

塚本邦雄
茂吉秀歌『赤光』百首
近代短歌の巨星・斎藤茂吉の第一歌集『赤光』より百首を精選。アララギ派とは一線を画して蛮勇をふるい、歌本来の魅力を縦横に論じた前衛歌人・批評家の真骨頂。
解説＝島内景二
978-4-06-517874-4
つE11

講談社文庫　目録

さいとう・たかを／戸川猪佐武 原作　歴史劇画〈第六巻〉大宰相　三木武夫の挑戦
さいとう・たかを／戸川猪佐武 原作　歴史劇画〈第七巻〉大宰相　福田赳夫の復讐
さいとう・たかを／戸川猪佐武 原作　歴史劇画〈第八巻〉大宰相　大平正芳の決断
さいとう・たかを／戸川猪佐武 原作　歴史劇画〈第九巻〉大宰相　鈴木善幸の苦悩
さいとう・たかを／戸川猪佐武 原作　歴史劇画〈第十巻〉大宰相　中曽根康弘の野望
佐藤　優　人生の役に立つ聖書の名言
佐々木　実　竹中平蔵　市場と権力　「改革」に憑かれた経済学者の肖像
司馬遼太郎　新装版 播磨灘物語 全四冊
司馬遼太郎　新装版 箱根の坂(上)(中)(下)
司馬遼太郎　新装版 アームストロング砲
司馬遼太郎　新装版 歳　月(上)(下)
司馬遼太郎　新装版 おれは権現
司馬遼太郎　新装版 大　坂　侍
司馬遼太郎　新装版 北斗の人(上)(下)
司馬遼太郎　新装版 軍　師　二　人
司馬遼太郎　新装版 真説宮本武蔵
司馬遼太郎　新装版 最後の伊賀者
司馬遼太郎　新装版 俄　(上)(下)
司馬遼太郎　新装版 尻啖え孫市(上)(下)
司馬遼太郎　新装版 王城の護衛者
司馬遼太郎　新装版 妖　怪(上)(下)
司馬遼太郎　新装版 風の武士(上)(下)
司馬遼太郎　戦　雲　の　夢〈レジェンド歴史時代小説〉
司馬遼太郎／海音寺潮五郎　新装版 日本歴史を点検する
司馬遼太郎／井上ひさし　新装版 国家・宗教・日本人
司馬遼太郎／陳舜臣／金達寿　新装版 歴史の交差路にて〈日本・中国・朝鮮〉
柴田錬三郎　お江戸日本橋(上)(下)
柴田錬三郎　貧乏同心御用帳
柴田錬三郎　新装版 岡っ引どぶ〈柴錬捕物帖〉
柴田錬三郎　新装版 顔十郎罷り通る(上)(下)
白石一郎　庖　丁　ざ　む　ら　い〈レジェンド歴史時代小説〉〈十時半睡事件帖〉
島田荘司　御手洗潔の挨拶
島田荘司　御手洗潔のダンス
島田荘司　暗闇坂の人喰いの木
島田荘司　水晶のピラミッド
島田荘司　眩暈(めまい)
島田荘司　ア　ト　ポ　ス
島田荘司　異　邦　の　騎　士〈改訂完全版〉
島田荘司　御手洗潔のメロディ
島田荘司　Ｐ　の　密　室
島田荘司　ネジ式ザゼツキー
島田荘司　都市のトパーズ2007
島田荘司　21世紀本格宣言
島田荘司　帝都衛星軌道
島田荘司　ＵＦＯ大通り
島田荘司　リベルタスの寓話
島田荘司　透明人間の納屋
島田荘司　占星術殺人事件〈改訂完全版〉
島田荘司　斜め屋敷の犯罪〈改訂完全版〉
島田荘司　星《せい》籠《ろ》の　海(上)(下)
島田荘司　屋　上
島田荘司　名探偵傑作短篇集　御手洗潔篇
島田荘司　火　刑　都　市〈改訂完全版〉
清水義範　蕎《そ》麦《ば》ときしめん
清水義範　国語入試問題必勝法
椎名　誠　にっぽん・海風魚旅〈怪し火さすらい編〉
椎名　誠　大漁旗ぶるぶる乱風編〈にっぽん・海風魚旅4〉

2020年9月15日現在